KB093564

푸른사상
시선

109

촛불을 든 아들에게

김창규 시집

푸른사상
PRUNSASANG

푸른사상 시선 109

촛불을 든 아들에게

인쇄 · 2019년 9월 20일 | 발행 · 2019년 9월 28일

지은이 · 김창규
펴낸이 · 한봉숙
펴낸곳 · 푸른사상사

주간 · 맹문재 | 편집 · 지순이, 김수란 | 마케팅 · 김두천
등록 · 1999년 7월 8일 제2-2876호
주소 · 경기도 파주시 회동길 337-16(서패동 470-6) 푸른사상사
대표전화 · 031) 955-9111(2) | 팩시밀리 · 031) 955-9114
이메일 · prun21c@hanmail.net /prunsasang@naver.com
홈페이지 · http://www.prun21c.com

ISBN 979-11-308-1461-2   03810
값 9,000원

푸른사상 시선 109

촛불을 든 아들에게

병원에서 죽는다고 했다.
죽음의 하얀 시트를 덮었을 때
서편에 떠가는 흰 구름을 보았다.
별들이 수없이 눈물을 뿌리는
저세상으로 가는 강을 건널 때
배에서 떨어져 내렸다.

민중신학을 배우고 한의 사제가 되었다.
그 길에서 가난한 사람들과 함께하였고
악한 현실과 타협하지 않았으며
군부독재와 불의에 정면으로 대결하였다.
예수는 가난한 사람들과 같이 울었고
하나님은 민중 속에 계셨다.

5 · 18광주민중항쟁 폭풍우 속에 모진 경험을 했다.
한국기독교장로회 선교교육원에서
독재와 맞서 싸운 해직 교수와
제적 대학생들의 신학교에서

목사가 되었고 시인이 되었다.

바람이 분다.
물가에 심은 나무들이
꽃을 피운다.

2019년 9월
김창규

| 차례 |

■ 시인의 말

제1부

제2부

제3부

제4부

제5부

제1부

눈물

누군가 그리운 밤

반짝이는 별 하나 맑은 눈물

쏟아져 내리는 은하수를 바라봅니다

물오른 목련나무 가지 위에도

이제 막 피기 시작한 동백꽃 위에도

매화가 만발한 가지 위에

깨끗하고 반듯하게 자리한 몸

일편단심 하얀 민들레

분터골 보도연맹 학살 현장

무심천에 펑펑 내립니다

아버지의 흰옷 자락 펄럭입니다

어머니의 눈물입니다

마리아

어떤 비밀과도 상관없는
그녀의 미소는 늘 변함이 없다

그녀가 사나이의 발을 씻긴 값비싼 라드 향유
갈라진 발바닥 틈 사이 아픔은
가난한 사람들의 고통이었으리라
그가 사랑한 사람의 남은 해가 길다

강정 말구유 빛나는 별
마음속 우상으로 우뚝 서 있는 그녀
십자가 고난의 행진은 계속되는데
눈과 가슴 활화산 담고 있는
남자의 발을 씻긴다

유채꽃 마을에 높이 솟아 있는 깃발
피 묻은 옷자락 펄럭이는 바다
마리아가 피눈물 흘리고 있네

해군기지 반대 깃발 펄럭이는

구럼비 바위 위에 그대
마리아 두 손 모아
로마 식민지 조선의 남쪽
갈라진 발을 씻기고 있네

나의 사랑 나의 여자여

라일락꽃이 광화문 앞의
세종문화회관 음악회를 떨리게 만들던 날
어둠 속에 살아 오르던 푸른 불빛이여
내가 너의 심장을 향해 돌진하던 그 시각
나의 조국 나의 사랑하는 여자는
죽음을 무릅쓰고 학생들과 함께 사라졌다

수유리 골짜기 소쩍새 우는 날은
진달래 붉은 진달래 붉은 사월이었네
너의 노래 심장에 남는데
하늘은 캄캄하고 태양도 흑색이고
그날 밤 달은 붉은 핏빛이었다

소나무 밑에 늘어진 넥타이부대 너의 이름을 기억하라
항쟁의 시대는 사랑과 술이 있어
너의 내밀한 숲속의 둥지까지 날아오르는 것이었지
새날을 여는 새여 너의 이름은 장산곶매
나의 시는 성명서와 벽보였고

아무도 너를 여자라 보지 않았을 때

나는 너를 사랑했다

제주의 별

둥근 보름달이 갈치잡이 배 위에 떴다
그 옛날 북촌 서귀포 정방폭포 오름
육지에서 건너온 군인과 경찰들이 개를 풀어
수색을 하며 양민들을 모아놓고
집단학살을 하였다

끔찍하게 한 마을 사람들 모두 죽었다
아이들도 강아지도 송아지도 돼지 새끼도
모두 좌익으로 몰려 사람과 함께 죽었다
그날 밤은 별이 환하게 운동장을 비추었고
달빛도 유난히 밝았다

자신의 그림자가 눕는 것을 본다
검푸른 파도도 흰 포말로 부서진다
흰옷들이 붉게 물들고
숨도 제대로 쉬지 못하고
비참하게 살해당했다

울음도 그치고 적막이다

서북청년단 그 악랄한 총칼에 숨져간 사람들
억울하게 이승을 떠난 가족들
독재자 이승만에게 당한 선량한 백성들
마을마다 통곡 소리

별이 된 14연대 병사들의 뼈

도보다리보다 긴 다리는 없다
그 다리 밑에 마른 뼈 하나
판문점 침묵을 지킨 평화와 번영의 숲
그 숲에 내리는 별빛들이 소문나게 아름다운 것은
어디선가 말없이 자신의 죽음 앞에서
솔직하게 고백하는 것
꽃들이 피고 있기 때문이다

임진강 별이 빛나는 하늘
아무것도 가져갈 수 없음을
자유라고 하는 언어는 더욱 빛나지만
책갈피 속에 잠든 말들을 끄집어내어도
싸움이 끝났을 때
평화라는 말은 군인이 죽어서 말한다

얼마나 많은 사람들이 평화라는 이름으로
죽어가야 했던가

포승줄에 묶여 길고 긴 터널 속에
밭고랑보다 긴 계곡의 가시덤불 속

땅속 깊은 곳에서 찾아낸 미군 병사의 유해는
성조기에 덮여 인디언이 살던 곳으로 가지만
인민군이나 국군 병사의 유해는 아직도
전쟁이 끝나지 않아 돌아올 수 없다

여수 순천의 14연대를 떠올렸다

제주로 진압하러 갈 수 없어 못 간다
명령에 따를 수 없었다

잠들지 않는 남도(南道) 잠재우지 못했다

좌익 군인이 있었던 시대를 산 사람들은
뼈 하나를 지상에 남기고 떠났다

어언 70년 전 1948년 11월 겨울 어느 날의
14연대 연병장 앞에서
소주를 한 병 빨고 땅에 붓는다

그러자 비무장지대로

수만 개 별들이 쏟아져 내렸다

여수 14연대 박정희의 배반으로 이승만 군인들의
학살이 있었다
이어 민간인 학살도 자행되었다
천인공노할 일이 벌어졌다

적과 적으로 살았던 지피가 없어지고
지뢰가 제거되고
인민군의 뼈와 국군의 뼈가 엉겨붙은
철원의 무명고지 아래
뼈들이 걸어 나오고 있구나

여수 순천의 좌익 군인들이여
그대들은 어디에 묻혀 있나
대답하라 대답하라 뼈들이여
14연대의 병사들이여

노동자

—— 김진숙을 위한 노래

절망의 끝, 절벽
그 위에 꽃 하나 피어 있다

뒤로 물러설 수 없는 말의 끝
붉은 혀, 화염

불의에 분노하지 않으면
사람도 아니다

1번 국도

이 길은 한양 가는 길이다
아니 서울 가는 길이다
이 길은 목포로 가는 길이다
아니 이 길은 부산 가는 길이다
평양도 갈 수 있는 길이다

그런데 이 길은 목숨 내놓고
전쟁터에 나가는 길이었다
한국전쟁의 그날 아버지가 걸었던 길
이 길은 아들이 베트남 파병 가기 위해
군용 트럭을 타고 달렸던 길이다
아들 손자가 이라크 전쟁터에 갔던 길이다

슬픔과 이별의 길 피난의 길
이 길을 이라크전쟁 파병 반대를 위해 걸었고
이 길은 이 땅의 정의를 세우기 위해
광화문까지
부산까지
북풍한설 비바람을 맞고 걸었던 길이다

그런데 이 길을 다시 걷는다
아름다운 제주 강정마을 해군기지 건설 반대
시인이 된 내가 거꾸로 걸어 내려가며 걷는다
인생을 다시 시작하는 기분으로 걷는다

1번 국도 평양까지 가는 길이 멀지 않다
통일의 길을 가기 위해 이 길을 다시 걷는 날
지리산도 한라산도 일어나고
백두산이 춤추며 합창을 하리라

이깔나무 숲 길을 먼지 뽀오얗게 내며
베개봉호텔에서 자고 삼지연에서
백두산을 오르던 그날 밤 그 새벽을 잊지 못하지
2005년 민족작가대회 평양, 백두산, 묘향산
그 길을 함께 걷던 시인을 잊지 못하지
1번 국도
한 번밖에 없는 인생의 길

진달래꽃

둘레둘레 피어라
땅속 깊은 사랑을 속삭이며
해방을 약속하던 꽃이여
빈 가슴 가득 피어라
봄비 내리는 바다를 보며
너의 이름을 불러주는 사람
있을 때

사랑하는 이여
고백은 늦지 않았다
저 깊고 맑은 태백산에서 출발하여
두렵고 떨리는 창밖의 봄
마음대로 흘러라
끝까지 흘러라
젖은 눈 속에 네 자유가 보인다

자유를 억압당한 강물
아침 풀잎의 한숨 소리가 들린다

대밭의 죽순들이 바위를 뚫고
억압의 사슬을 끊을 때
민주주의여
강가의 이 마을 저 마을
수런수런거리며 피어라
무더기로 피어라

노무현 대통령과 사진을 찍으며

대통령과 식당에서 점심을 먹으며
정답게 이야기를 나누었다
그때 찍은 사진은 무지개 되어
파랑새 따라
날아갔다

아주 멀리 날아가면서
"그 사진 잘 간직했다 주세요" 한다
그 말에 얼른 내 얼굴이 붉은 모란꽃이 되었다
가슴이 두근거렸다
목사님은 아까도 저와 사진을 찍었잖아요
또 찍어요

점심을 먹는 일은 대통령 되기 전 후보 시절이었다
신행정수도추진위원을 할 때였다
그 흔한 특보 명함도 없이 나는 대통령 당선을 위해
말을 달리고 또 달렸다
그러면서 즐거웠다

차도 한 잔 마시면서 웃었다

사진을 찍으며
대통령은 나에게 임명장을 주었다
정책실 자문위원이었다
신행정수도를 건설하기로 하였다
그렇게 만났다

그가 떠나고 없는 쓸쓸한 밤
나의 서재 책꽂이 위 칸에서
운명이다
고인이 된 노무현 작은 사진 한 장이
나를 바라보며 웃는다
목사님 이리 와요
사진 한장 더 찍어요

통일의 벗

내가 평양의 봉수교회에 앉아 있을 때
하나님은 내게 이렇게 말했다.
네 형제를 자신의 몸같이 생각하라

문익환 선생님을 아신다고
그분에 대해서 말해보시오
십자가 언덕을 오르는 고난의 종
한반도의 평화의 사도
아, 맞습네다
내가 백두산에서
조국 땅을 내려다보고 있을 때
너는 이 땅을 사랑하느냐 물었다

저 드넓은 개마고원 삼천리 금수강산
무슨 말이 필요하랴
광활한 북만주 벌판 제국주의와의 투쟁
빛나는 청산리와 백두산 전투

아, 사랑하는 나의 님이시여

통일의 벗, 문익환 선생이여
그대는 잘 있는가
세상을 떠난 지 오래지만
모란공원에 모란꽃이 붉게 피는 날
대동강 모란봉의 사랑도 영원하리라
나의 사랑하는 벗

박근혜 없는 봄

봄이 봄이 아니다

마음 한구석 쓸쓸해봐야

속만 아프다

촛불 들고 광장에 서봐

보이지 눈물의 봄

환한 봄이 밀려오고

얼었던 강물이 풀리고

해방의 길목에

동백이 붉게 타오르면 봄

비로소 광장이 빛나지

천만 촛불의 봄이

성큼 그대의 마음을 두드려보면

이렇게 말하지 박근혜 탄핵

최악의 겨울 국정농단 최순실

광화문 광장을 흔들었다

적폐청산 부역자 처벌할 시간이 왔다

봄, 봄이다

박근혜 없는 봄 왔다

겨레의 등불을 켜기 위해
— 한신대학 70주년 아침에

민중신학의 아침은
분단의 장벽과 철조망이 사라지는 것이다
임진강 건너 판문점을 통과
개성, 평양, 신의주까지 말씀이 걸어가야 한다
백두산에 이르면 식민지의 노예들을 풀어주고
친일, 친미 역적들을 심판하고
하나님을 만나는 것이다

친북좌파 만들어내는 교수들 입에 축복이 내리고
부패한 권력의 심장부에 불의 심판이
그 내장 속에 욕심이 가득차서 똥덩어리가 돈이 되어
교회가 무너지고 십자가 부서지는 역사가 일어나야
문익환이 부활하고 장준하 서남동 안병무가
한신대에 살아날 수 있다

철천지원수가 평양에 사는 사람들인가
그리스도를 믿는다면
아담 최후의 낙원은 어디에 있을까
이 역사가 날조되고 왜곡되어
미군이 점령한 남쪽은

김대중, 노무현 대통령 시절의 평화가 없다
군부독재에 저항하던
한신정신은 어디로 사라진 걸까

수유리에서 한라까지
그리스도의 마지막 고난은 시작되었고

문익환을 불러 평화의 도구로 사용하여
어두운 밤 등불을 켜고 통일의 길을 밝혔지
서울광장 광화문 백만 촛불 켜지고
방방곡곡 골짜기 강 마을 빛났을 때
한신의 별은 빛났다

위대한 저항정신 장공의 하늘이여
4월의 젊은이여
그대가 죽지 않으면 교회가 살 수 없으며
겨레가 살 수 없다
갈릴리의 민중이여 봉기하라
한신인이여 일어나라

제2부

누님을 기다리며

봉숭아 꽃물이 손톱에서
뚝 떨어집니다
첫눈이 퍼붓고
열 번의 봄을 보냈습니다
평양에서 처음 뵈었지요
백두산을 오르며
장군봉 아래 아침 해가 환하게 웃던
그날 뵙고 못 본 지 십 년
그리운 누님을 내일 만나는데
봉숭아꽃은 손톱에서 지고 없습니다
그래도 시인의 사랑은
임진강을 건너고
개성을 지나 열차가 달립니다
상봉의 내일을 기다립니다
거울에 지나간 세월이
누님의 얼굴로 가득 찹니다
보고 싶어요

나무는 바람이 불지 않으면 흔들리지 않는다

물가에 심어진 나무다, 나는
웬만해선 흔들리지 않는 뿌리 깊은 나무다
비바람 폭풍 한설도 견디어내며
철따라 변함없는 푸른 나무다
강한 자에게 강하고
약한 자에게 한없이 부드러운
믿음을 주는 변절하지 않는 나무다
시절이 바뀌어도 자랑하지 않는다.
부드러운 것에 꺾이는 나의 마음은
가난한 이들이 집집마다
아궁이에 던지는 장작개비다
바람이 부는 날 산언덕에 올라보라
보이지 않게 흔들리는 소리
바람이 불지 않아도
사랑하는 사람을 보면 소리내어
나는 흔들리고 싶다
저 아래 사는 모든 것들이 변하여도
찬 겨울 바람이 불지 않으면

소리내어 온몸으로 울지 않겠다

바람이 불어도 나는 흔들리지 않는

뜨거운 나무다 푸른 나무다

뿌리가 흔들리는 언 땅 물가에서

자화상

얼굴을 씻을 때마다
과거의 시대를 아직도 넘지 못하는
내 잠재의식 속의 물고문
의자 뒤로 해서 수갑으로 두 손 묶고
얼굴에 수건을 덮어씌운 채 물 붓는다
물이 아랫도리를 적시면
숨을 더 이상 쉴 수가 없다

일제강점기 고등계 형사로부터 배운
온갖 고문 육모방망이가 울고
스러져 숨을 헐떡거리면
징그럽게 웃는 고문 기술자 얼굴이 떠오른다
비녀 꽂기 전기고문 잠 안 재우기
사람의 얼굴이 아니다

어디서 본 얼굴일까
아들이 아버지를 닮아서 고문 기술자가 된
목사가 된 그 사람

하나님은 계신 걸까

지긋지긋한 세월 무서운 얼굴

전화벨 울릴 때마다 놀란 가슴이 뛴다

감시당하고 미행당하는 것 알지만

그 얼굴이 떠오르면

갑자기 내려가던 걸음을 멈추고 뒤를 본다

아무도 없다

캄캄한 어둠 속의 지하실

처절한 비명 소리

살려주세요

아버지가 떠나시던 날

어젯밤 아버지가
생전 처음으로 예수를 만나 웃으셨다
십자가에 달려 죽으신 이유를
알고 계신 아버지가 천국행 버스를 탔다
타고 가시다가 잠깐 들른 곳이
병원 영안실이었고 화장터였지만
부활을 믿는 아버지는 매장되었다
불 속에 들어가는 것은 지옥이라 했다
생전에 비행기를 타고
세계여행을 하고 싶었는데
천국행 비행기를 타셨다
아버지의 좌석 옆에는 아브라함 할아버지
또 그 옆에는 모세 할아버지도 계셨다
아버지가 새벽 비행기를 타고
요단강을 건너가고 있었고
초모룽마 하얗게 눈 덮인 산을 지나
킬리만자로산을 넘어
아버지는 그렇게 행복하게 떠나셨다

독수리가 백두산을 날고 있었다

아버지는 그 산을 넘어 단군 할아버지의 고향

영원한 하늘나라로 떠나셨다

아버지가 떠나시던 날

붉고 노란 가을 꽃비가 내렸다

차를 두 손으로 올려 마실 때

아침마다 차를 마실 때
차를 두 손으로 올려 마시면
남녘의 섬진강 물도 담아 들게 되고
지리산도 들어 올리게 된다

맑은 강물의 잎을 따서
우려낸 시원한 물맛이 이렇게
가슴을 뜨겁게 한다

언제던가 추운 겨울 밤
매화꽃이 붉게 피던 날이었지
참새들이 처마 끝에 둥지를 틀고
고운 잠을 청하던 밤에 들리던 숨소리
찻잔 안에 떠오르네

맑은 차 한 잔 내오던
백두산 삼지연 베개봉 호텔의 여자
그것이 들쭉으로 우려낸 곡차였는데

그날의 달빛은 또 오늘 아침
찻잔 안에 떠오르네

차를 두 손으로 올려 마실 때
그의 눈을 바라보며 약속했네
통일의 그날이 오면 밤새도록 취해보자
한라산 백록담의 물로
백두산 천지의 물로

백두산 정상에서

평양에서
백두산 가는 비행기를 탔다
삼지연공항까지 구름을 뚫고 개마고원을 지나
이깔나무 숲 여름 꽃들이 만발한
전설의 이야기들을 따라간다
호랑이가 살았고
일본 군대의 간담을 서늘하게 한 갑산 보천보전투
그 밀림의 길을 지나 백두산을 올랐다
해와 달이 만나는 영산 그 신비로운 아침 해를 본다
삼천리 금수강산이 하나다
시원하게 불어오는 신새벽 동터오는 붉은 기운
조국은 둘이 아니라 한 몸임을 알았고
통일의 원대한 소망을 빌어본다
구름송이풀꽃 노랑만병초 두메양귀비
이름을 알 수 없는 수많은 꽃들
이름을 불러주지 않아도 이름 있는
백두산 베개봉 마을의 사람들

그들이 모두 내 동포임을

지난 세월 눈물의 골짜기 강을 이루었다

압록강 그리고 두만강

저 멀리 백두대간 길이 보인다

구름송이풀 꽃 붉은 백두산

첫눈

첫사랑은
길을 떠나 돌아오지 않았다

덕수궁 은행잎이 우수수 떨어지던 날에
깊고 슬픈 눈빛 잊혀지지 않아
오늘 눈이 내리면 그게 첫사랑이야

내일도 첫눈이고 모레도 첫눈일 테지
손톱에 붉은 초승달 수줍던 시절
마주 잡았던 따뜻한 손길
기억하는 은밀한 속삭임
어둠 속에 변치 말자 맹세하며
죽어 견우 직녀로 만나자 했지

그러나 우린 아직 살아 있고
그 말만은 제발
다시 만날 그 약속일랑

보고 싶으면 눈을 감고 떠올려봐

우리가 만났던 벤치 위에
첫눈이 내리고 있지

겨울밤

함박눈 내리는 밤
부엌의 가마솥에는 삶은 고구마
아랫목 이부자리 밑엔
콩보리가 섞여 있는 밥 한 그릇

어머니의 소박한 꿈
읍내로 일 나간 아들을 기다린다.

참으로 긴 세월이다
산으로 떠난 아비의 생사는 알 수 없고
눈이 이렇게 내리는 밤에
할머니의 눈물 마를 날이 없다

장롱 속에는 솜바지 저고리
기다리다 오랜 잠에 빠져 있고

혹 눈이 그치고 등불을 켜놓으면
먼 데서 집 찾아오는 아비와

아들이 길에서 만날지도 모른다

그리움이 펄펄 눈이 되어
산길에 소복소복 내린다

보리밥집

남도의 붉은 흙 냄새
보리알 속에 잠든 푸른 날의 추억
아직도 보리피리 소리 귓가에 남아 있다
보리밥을 먹자고 찾아간 집에
된장찌개 맛있게 끓고
고사리며 시금치 콩나물 푸성귀를 푸지개 담아
고추장에 비빈다

아줌마는 된장국을 넣어 먹어야 맛있다고 하며
먹고 더 먹으라고 한다
얼굴은 곰보인데 마음씨가 곱다
함박눈 창가로 펄펄 날리고
김 신부는 두부를 떠서 입안에 넣는다
구수한 입담이 새어 나온다

양조장집에서 말이야 고두밥 말리는 것
그것 훔쳐 먹다가 들켜 혼났지
엄마가 가져온 술지게미 먹고 취해 잠들던

어린 날의 배고픈 시절
그 먹기 싫던 보리밥 먹고
늘 배가 고파 울었는데

오늘 보리밥집에서
방귀 뀌는 부잣집 아주머니들 밥상에
잡다한 웃음꽃이 만발하는 걸 보면
저 보리밥 아직도 인기 있네

아줌마 보리밥 하나 더 주세요
입에 보리밥 물고 눈 흘기는데
함박눈은 걸어온 길에
먼 발자국을 지우고 있다

광주 가는 길

광주로 가는 길에
꽃비가 내렸다
후두두둑 기관총 소리처럼
양철 지붕을 때렸다

그 지붕 위에 풀꽃이 피어나기 시작했고
길옆에 철쭉꽃 더 붉어졌다
전라도 길은 한 많은 길이다

광주 5 · 18이 없었으면
나도 잘 살았을 것이다
살아 있지만 산 게 아니다
우리는 피해망상증에 걸렸고
집으로 걸려온 전화 벨소리만 들어도 놀랐고
길거리 순경만 봐도 가슴이 벌렁벌렁

그래도 난 광주에 간다
아흔이 다 되어가는 늙은 아버지 계신

황톳길에 찔레꽃 피는 밤

정든 아내가 기다리는 집으로 간다
고향은 날 버렸어도
변함 없이 난 고향을 찾아간다

무등산 아래 금남로 도청 거기서
총을 들고 민주주의를 지키기 위해
피를 흘리며 죽어간 동생
그 무덤에 절하러 간다

최후의 심판

외롭고 고독한 밤이었다
별들도 간신히 들어와 얼굴을 드미는 곳
심한 고통과 슬픔도 풀벌레 소리에 위로가 되고
내 몸을 기어다니는 벌레들
황홀한 밤이었다

어떤 사람도 찾아오지 않는
답답한 창가에 곤줄박이 한 마리 머리를 숙이고
밤새 안녕을 전하며 앉아 있다

벽면을 바라보며 기도하는데
신의 음성이 들렸다

찬바람이 불었고
불기운 없는 마룻바닥에 담요를 두텁게 깔아도
춥고 떨리고 외로웠던 사나이
내게 마실 것과 먹을 것을 주었던 사람이 말했다

내일은 외롭지 않을 것이라고

눈이 내렸고
바이올린 소리가 들렸다
사람 사는 세상 높은 담 안에
내일 죽는다 하여도
쓸쓸하지 않았다

제3부

밀양의 그녀

핵발전소 오후 밀양을 향해
그녀의 마을 죽지 않고 살아 있으므로

늙음을 응원하기 위해
억압으로부터 행복을 찾아
꽃들의 희망을 품고 달려간다

삶의 한가운데 떠 있는 산
사랑과 젊음, 그리고 찐한 감동을 싣고
탄압이 없고 죽음이 없는 미래
삶의 생동감이 주는 푸른 내일
거기서 새로움을 만난다

평화의 노래가 있고
들판 노동의 힘찬 아침이 밝아올 때
후쿠시마 영혼
수천 수만 사람과 함께
붉은 꽃 한 송이 수줍게
환하게 웃는다

남원 바다의 별

동백꽃 바다를 향해 얼굴을 내밀었다
위대한 별들이 바다를 향해 경의를 표한다
사랑도 그 흔한 생계형 권력도 이제 무릎을 꿇는가
4·3의 별만큼 큰 사랑의 그림자가 따라온다

배와 항구의 이별도 처음 만난 정숙, 인기 앞에서
파도가 남원 바닷가 이름 모를 오름처럼 밀려온다
사랑이란다
바다에 발을 담가보고 싶어 안달이다
일곱 개의 별이 빛나고
달빛은 고요하다

어머니, 그리고 아버지 남원 앞바다
고깃배가 만선으로 들어온다
등대 불빛이 좌우를 가리지 않고
비추이는데
조용한 노래는 파도가 따라 부른다

언제 또다시 돌아와 걸을 수 있을까

서정적으로 불렀던 동백꽃
시인은 아름다운 것을
슬프다 한다
처음 만나 걸었던 숙, 은, 결, 기, 규, 희
일곱 개의 별이 떠올랐다
바다는 모래 발을 닦고 다시 나간다
남원의 밤은 슬프다
역사가 기억하라

눈이 내리네

전라도 가는 길에 눈이 내리네
기차를 타고 내달리는 길에
하얀 눈이 내리네
찾아가야 할 고향은 아니더라도
눈이 내리네
전라도에 내리는 붉은 눈을 맞으며
소리 없이 기뻐할 그녀를 생각하네
눈보라를 일으키며
송정리 목포를 향해 달리는
붉은 산에 눈이 내리네

내 마음속 깊이 쌓이는
저 눈을 맞으며 홀로 가는 인생길
동지가 있어 내가 살아 있네
그대 붉은 마음에 눈이 내리네
속절없이 내리네
광주에 내리는 눈은 왜 붉은가
광주 망월동 언덕에 선 어머니

당신이 걸어온 길 위에 피 눈물이 내리네

하얀 눈이 내리네

찔레꽃 붉은 눈이 내리네

유신의 추억
— 영화를 보며

진달래꽃이 피기 시작하던 무렵
어느 주막이었을 것이다
막걸리에 흥겹던 날
안기부로 끌려가 몽둥이찜질에 사지가 뻗고
창자가 튀어나오고
온몸 채찍으로 맞던 그날
가시면류관 쓴 그분이 피를 흘리며
통곡의 세월을 살 때이다
노동자는 더 이상 기계가 아니라며
자신의 몸을 불살라 한줌의 재가 되던
청계천 푸른 하늘이 서럽다

피기 시작하던 진달래
겨울이 길게 느껴지던 사월의 밤
두견새 목놓아 슬피 울며
부모 자식의 이름을 부르며
그리운 아내의 마지막 얼굴을 떠올리며
조작 간첩 인혁당 여덟 명의 생명을 무참하게 죽인

안기부와 검사, 판사, 대통령
그날 서대문 사형장을 바라보며
울던 어린 작은 새 한 마리
죽지 않고 살아 날아오르고 있다

다카키 마사오 오카모토 미노루 더러운 놈
독립운동하던 애국지사를 무참히 살해하고
자신을 반대하면 어떻게 했는지
산과 들과 바위와 하늘의 일월성신
원통하게 죽은 영혼들이 부활하여
유신 시대를 증언하는 민주주의 활화산
우리는 보았다
참혹한 세월 그날의 종로경찰서
남산의 안기부 지하실
서대문 감옥과 남영동에서
피똥을 싸며 울어야 했던
애국투사들 한의 소리를

영화가 시작되자 과거로
동학농민전쟁, 만세운동
학생혁명, 광주5·18민중항쟁, 유월시민항쟁
시퍼런 죽창과 총을 들던 손에
맑은 강물이 흐르고 깊게 멀리
민주주의 합창이 울려 퍼졌다
영화를 만든 학민이 형도 영화를 보던 시인도
유신의 참혹한 세월 앞에 일어섰다

다시는 현실로 돌아가지 않으리라
친일파 유신 잔당 독재 세력 뿌리째 뽑아
내 안의 울음 그칠 때까지
악랄하고 야비한 악마들이 살아 있는 한
저것들을 영원한 지옥에 떨어뜨리지 못하면
나 살아서 돌아가지 않으리라
수유리의 추억 장준하
허허허
웃는 백전노장의 민주 투사 백기완

그들이 숨 쉬던 마로니 눈물의 세월

종로에서

을지로에서

광화문에서

민주주의 만세

조국 통일 만세

5 · 16의 쓰레기들을 치울 때

영화가 끝나는 시간이다

유신의 추억은 무섭다

두렵고 떨리어 잠이 오지 않아

술을 마시고 또 마셔도 잊을 수 없어

다카키 마사오 일본 사람

그 이름 역사에서 지울 때까지

유신 잔당들 모아 불태울 때까지

끝내 살아서 살아 원수를 갚아야지

지긋지긋한 유신의 추억

다시 보지 말아야

4 · 3의 별과 꽃

온누리에 찬란한 연두 새잎 돋는
소름 끼치는 죽음의 산
한라산이 통곡하는 오늘
3만 개의 낮별들이 묘비에 새겨지는
통곡의 땅
참혹한 4 · 3의 영혼들이 구천을 떠도는
아, 오늘은 인민 민주주의 날

대통령이 분향을 한다
저 하늘 봉화의 대통령이
내려다보고 있네
이곳 평화의 공원
백의의 꽃들이 하늘로 오른다
꽃 그리고 별
애국의 길이 무엇이길래
목숨을 내놓아야 했는가

바람이 불고 지나간 자리에

꽃무덤이 생겼다

별 그대의 가슴 깊은 곳에

심장의 피가 쏟아지는 여기 이 자리

차마 내 죽음이 불태워진 자리에

노래를 부르는 것은 아니겠지

반란의 세월이여

눈물의 유채꽃이여

70년 세월의 한 맺힌 한라산이여

통곡뿐인 여기 마지막 남은 목숨

별 하나 그리고 꽃 하나

4 · 3을 말하지 마라

진실을 말하라

임진강

― 민통선에서

발아래 맑은 물결 슬프게 흐르고
내 마음은 이미 눈물바다에 이르러
임진강 물은 굽이굽이 저 멀리 북으로
꼬리를 물고 올라가
청춘의 고향 마을 들녘 가로질러
철조망을 넘고 강을 건너 훨훨 날아간다

꿈엔들 잊을 수 있을까
흰 치마저고리 옷고름에 눈물 닦던
강 건너 안개 자욱한 마을에 어머니
금방이면 만날 수 있을 줄 알았는데
어머니의 나이보다 훨씬 많이 먹은
아들의 흰 머리도

새가 되어 날아가 그리움의 나무에 앉아
어머니를 불러봅니다

나의 사랑하는 어머니

살아 있어만 준다면 개성 관광 가는 길에
어머니가 살던 고향집으로 달려가
엉엉 목 놓아 울며 원 없이
단 한 번만이라도 어머니를 꼭 껴안고 싶습니다.

저기 희미하게 송악산이 보이고
어머니의 얼굴이 두둥실 떠오르고
고향 동무들도 손을 흔들어 반기는
헐벗은 땅을 보며
강물의 비무장지대를 건너
임진강 푸른 물에 노래 부르면
한없는 눈물이 쏟아집니다

제주 여자

성판악 올라 밤이면
한라산에 뜬 별을 보라
그러면 그대가 보인다

숲 터널을 빨려 들어가면
심장의 고동 소리가 느껴진다
그대가 저항했던 그 숲이다

아! 보고 싶다 백록담
그대 웃음짓던 그 입술에
단풍잎 물들 때에도 그리운 한라산

내 가장 사랑하는 제주 여자
오라 그대 여기 보여주고 싶은 사랑
빛나는 그대 얼굴
단풍잎 물들 때에도 그리운 한라산

내 가장 사랑하는 제주 여자

오라 그대 여기 보여주고 싶은 사랑

빛나는 그대 얼굴

카트만두의 붉은 꽃

그녀는 아름다웠다
한복을 입고 안내하는 여성 동무에게 인사를 했다
남조선에서 오셨습니까
상냥하게 미소 지으며 맞이하는
초모룽마의 정기를 듬뿍 받은 백두의 천사
그녀가 음식을 내왔다
나는 떨렸고 흥분되었다
조선의 아름답고 청초한 진달래꽃보다 더 빛나는
카트만두의 별이었다
지상에서 가장 아름다운 여자를 만나고 온 날 밤
잠이 오지 않았고
꽃들이 창가에서 내일 아침 피려고 창문을 두드렸다
떨리며 내밀던 하얀 손에 그녀의 얼굴이 붉었다
당당하고 자신만만한 음식 맛에
백두산 밀영에서 먹던 그 음식이었다
금강산 만물상 아래서 먹던 다디단 술이었다
안나푸르나를 만났을 때
장군봉에 장엄하게 떠오르던 해를 보며

카트만두에서 바라보던 여름밤의 추억이

붉은 꽃으로 피어난다

지금 그녀는 그곳에 없을 것이다

평양으로 돌아갔을 것이다

아름다운 그녀를 잊지 못하며 붉은 꽃을 흔들며

환영하던 인사가 그립다

반갑습네다

성판악 별보기

머리에 북두칠성 엄니
여기 별이 쏟아지는 시간
총알이 제 머리 위 지나갑니다
지는 벚꽃이 그냥 울면서
서러워 북두칠성 바라보며
아침 떠주던 몸국 맛이 저의 심장에
피로 흐릅니다

성판악 별을 혼자 보기가 몸서리쳐집니다
저를 찾기 힘들면 인광이 빛나는
이곳으로 오세요
엄니 사랑하는 나의 전부인 하늘에
성근 별들이 안부 전합니다

성판악 아래 진달래꽃 피는 양지바른 곳
거기 제 뼈와 영혼이 머물고 있답니다
세월이 너무 많이 흘러서
엄니 연세가 백십이군요

저는 후회하지 않아요

빨갱이라고 말해도 좋습니다

사회주의 만세를 불렀으니까요

저 별들이 일성입니다

한 별인 것이지요

성판악에 오실 때 밤에 오세요

거기 별 일곱 개 빛나는

그 바로 옆에 별 하나가 저의 몸입니다

총을 내려놓지 않고

그냥 여기서 잠듭니다

엄니 나의 사랑하는 별

수만 개의 별이 떠오르는 여기

이리로 오세요

성판악의 밤

저녁에 피는 꽃

백두산 가는 길에 피는 꽃
길게 목을 내밀고 먼 데 산을 바라본다
저녁에 피어서 아침에 떨어지는 꽃
그 꽃을 보면 고향의 여자가 생각난다

개마고원 벌판 꽃이 눈부신 날
비무장지대 안으로 얼굴 보여주는
이름 모를 새들이 남으로 날아간다
꽃은 우뚝 선 채로 흔들릴 뿐

저렇게 그리움으로 환한 달빛 아래
둥글게 피는 꽃을 본다
아직 눈물이 덜 마른 채로 이별해야 하는
그 자리에 쓸쓸하게 피어난 꽃

누가 누구의 꽃이랴
내 마음의 화병에 담을 수 없는
꽃으로 대접받지 못하는 너를
북방의 달밤에 홀로 껴안는다

애월

크리스마스 영화 한 편을 찍었다
한라산이 여자로 누워 울고 있었다
팔월의 배 한 척이 슬픔에 빠져 있다
세월호 다영이 아빠가 별을 세고 있다

빛나는 졸업장

눈 내리는 고속도로
오산을 거쳐 병점을 향해 달렸다
딸이 운전하면서 말했다
아빠, 졸업 축하해요

세마대가 보였고 독산성이 보였다
정조가 묻힌 유서 깊은 곳에
민주화운동의 산실 한신대학이 있다

어두운 시절 민주주의 환청이 들렸다
고문과 투옥, 감금, 연행, 가택 수색

전화가 울렸다 꽃 배달입니다
그 꽃은 바보 노무현을 좋아하는
부산의 집사님이 보낸 장미꽃 다발이었다

이 먼 곳까지 새벽 기차를 타고
딸의 이야기가 지나갔다

뜨거운 눈물이 흘렀다

아내는 말이 없었다
꽃다발에 피눈물이 뚝 떨어졌다
한신대 십자가에 번쩍 해 하나가 걸렸다
사순절이었다

트라우마

유령의 몸뚱이는 아니다
살아서 호남평야를 지나네
흰옷들이 피 묻은 채로
장사지낸 그 수많았던 몸들
기억 속에 남은 것은
내 몸을 죽인 악마들이다
무등산이 곧바로 보이는 십 층
커튼을 젖히고 푸른 하늘 숨을 들이쉰다
오, 이것이 살아 있는 나로구나
유령은 떠돌고
총검을 한 군인들은 살아 있다
끔찍한 기억의 피흘림
고통 받는 자 앞에 웃는 얼굴
잊을 수 없는 유령의 이름 공수부대원
지하실의 십자가
몸은 기억을 거부한다
트라우마 상처 깊이
뼈가 소리를 낸다
아, 아프다

제4부

어떤 결혼

결혼이라는 길을 택했다

시련과 고통 없이 피는 꽃은 없다

너와 내가 살며 피우고자 하는 꽃은

온실 속의 꽃이 아니라 벌판

사막에 비가 내리고 난 다음 피어나는

낙타가 길 가다 꿈꾸는 세상

뜨거운 심장 서로 껴안고 가는 길

그늘 속에 숨어 피는 오아시스의 꽃이다

향 가득한 에덴 무화과나무 열매 익는

시온성 뒤에 조용하게 떠오르는

산을 넘기 위해 기다리는 햇살

지금까지 함께 타고 왔다

가난한 당신

갈릴리 가난한 사람들 이야기
제자 네 사람은 모두 어부
그들의 이름은 모른다 하더라도
통일을 위해 싸우는 팔레스타인
그들의 해방을 위해 연대한다

바다 위를 걸으시며
떡을 떼어 오천 명의 전사들에게 나누고
그들은 모두 저항군이 되었다

열둘 많지 않은 부하들에게
예수는 혁명을 말했다

해방을 위해 로마와 싸웠던
젊은 청년의 나이는 서른세 살
꽃다운 나이에 숨져간 언덕에서 커피를 마신다

포도주에 취했던 지난밤

남원의 바닷가에서
팔레스타인 해방을 위해 기도한다

가난한 예수
용두암 바닷가 용머리
하늘을 향해 염원한다
남쪽 가난한 이들에게
붉은 동백이 머리를 숙인다

낙엽

나로부터 떨어져 나가는 것들이 있다
사랑, 이별, 고독 이런 것들이 아니라
무의식의 세계속에서 의식으로 세계로
점점 멀어지는 공허한 것들이 떨어진다

좌파라고 부르는 우익들
불쌍하게 물든 낙엽이 스스로를
간단하게 몸에서 제거해버리는 것
언제나 푸른 잉크로 쓰는
뉴라이트들이 느끼는 가을의 서정이 아니다

가난한 민중의 슬픔이 멀어지는 거리
그 거리에서 짓밟히는 것이 가슴 아프다

내 몸에서 떨어져 나가는 것들이 있다
우정, 신의, 배신 같은 낱말들이 아니라
의식의 세계 속에서 무의식의 세계로

심판의 저주 같은 목소리에

이리 몰리고 저리 쏠리는 것들
교회의 골목에
낙엽을 밟는 근본주의자들이다

떨어져 나가는 것들이 없는 세상은 싫다
혼자이고 싶을 때
저렇게 스스로를 낮추고 땅바닥 뒹구는
낙엽처럼

가엾게도 낡은 옷과 신발들이
서울역 길모퉁이에
눈물 나도록 쌓인다

봄날의 기차

내가 탄 새벽 기차는 맨 끝 칸의 연결이 끝나는 곳
희망의 내일이 아닌 절망이었던 뒤쪽의 끝 목포가 보인다.
레일이 자꾸만 화살처럼 빠르게 뾰족해지는 것을 보면서
모든 철길의 끝도 내 눈에서는 저렇게 만나며 멀어지는
구나.

사랑과 이별의 종착역 평양
만나는 것들이 아직도 있어 꽃, 바람, 향기 또 저 산하들
청춘의 봄날은 짧다고 했는데 왜 이리 내 봄날은 긴 것
인지
지나는 역마다 봄은 기차를 타고 가네.
기차를 타야 지나간 봄을 만나는 것
적어도 내게 몇 번의 봄을 볼 수 있을지 이제는 막연하지
않다

남도에서부터 달려오는 봄날의 기차를 타면
서울, 개성, 평양의 봄은 푸른 옷을 벗고 다른 옷으로 젊
어진다.

내 머릿속에 무의식의 가라앉은 꿈속에 기억나지 않는 곳
백두산 도라지꽃 웃던 밤, 달맞이꽃이 울던 밤, 그 꽃

무슨 일이 있었는지 어떤 약속이나 변할 수 없는
그것이 인간의 약속, 아니면 추억의 눈물
평양 어느 여인숙 골목 문앞 가로등 불빛은 졸고 있고
별들은 철길 옆 벌판 밤나무 밑에 내려와 잠들면
서울역에서 그녀를 기다리는 내가 있네.

철조망 장벽 앞까지 달려온 철마의 꿈
기차는 더 이상 갈 곳이 없어 멈춘 내 인생처럼
봄도 따라와 함께 머물러 서 있는 광화문
그 풍경 속의 기차

재즈를 듣다

너의 존재가
아름다워지기 시작했는데
피아노 소리가 무겁다
기쁘고 즐거워야 할 재즈가
살아온 날만큼 아프다

한 손에 포도주 잔을 들고
다른 한 손으로 너의 손을 잡고
사랑한다는 말을 하며 춤추고 싶었는데
그 말도 못 하고 헤어졌다

너의 방 안 가득했던 음반들
모든 노래를 함께 듣고 싶었다
사랑은 꽃병처럼 산산조각 나고
파편들이 별이 되어 떨어질 때
장미꽃은 아름다웠다

나보다 행복해지기를 바라며

재즈를 듣고 있는 이 밤은 쓸쓸하다

밤비가 음계를 타고 내리고 있다

계단을 오르는 발소리

재즈를 즐기는 밤

너의 숨결은 가슴을 더듬는다

상사화

어디 내 사랑만 한 꽃이 있으랴
우리 천년을 만나지 못해도 그 꽃향기
그 자태 뽐내지 않고 서 있다가
눈 내리는 밤 꽃등불 밝혀 새우리

발을 닦으며

발은 답답하다
흰 고무신을 신을 때가 좋았다
냄새 나는 양말과 신발 속에서 숨 막히는 발
손은 하루에 여러 번 씻어도
발은 단 한 번밖에 닦지 않는다

불어터지고 못생긴 발
하루 종일 일터에서 힘들었고
신발을 벗자마자 행복하다
오늘 처음 발을 닦으며 고맙다는 생각을 한다

어제보다 힘들었던 발
너무 오래 서 있었고 혹사했다
그래도 발은 한 번도 불평하지 않았다
발을 내려다보며 기억한다

착한 사람들의 발이 가야 할 곳과 가지 말아야 할 곳
의지와 상관없이 걸었다
발을 닦으며
어둡던 마음이 맑아졌다

고난 또 고난

고난은 이렇게 시작되었다
민주화운동 때부터 오랜 세월 감시당하고
수십 차례 연행당해 조사를 받고
매 맞고 피를 흘리며 옥에 갇히곤 하였다

한밤중에도 새벽이나 대낮에도
경찰은 수갑을 채우고 오랏줄로 묶었으며
잠도 재우지 않고 고문을 하였다
지긋지긋한 나날의 연속이었다

부모를 걱정과 고통 속에 살게 하였고
아내를 힘들고 근심하게 만들었다
민중을 위한 고난은 언제나 친구가 되었다
살아 있는 동안 마음 편할 날이 없었다

숨도 제대로 쉴 수 없던 시절
늘 대문 앞에는 형사가 지키고 서 있었고
골목 안에는 또 누군가 우리 집을 주시하며

밤낮으로 감시를 하던 때의 고난은 고난이 아니었다

정말 고난은 이런 것이었다
죽을병에 걸려 외롭고 쓸쓸할 때였다
꺼져가는 생명을 병원에서 포기하고
죽음의 땅으로 내팽개쳐졌을 때였다

멀리 백운대 인수봉이 보였고
한강은 말없이 흘렀으며
죽음의 천사가 나를 데리러 왔을 때
또 다른 고난은 시작되었다

십자가를 진 예수라는 사나이를 따르는 것
이것이 진짜 살아 있는 고난이었다
목사가 되지 말걸 그랬다
그랬다면 이런 고난도 없었을 텐데

저항의 길목에서

총칼로 나라를 망쳤던
깡패들 도적들은 서정을 이야기하고
낭만을 즐겼다

추억에 잠겨 풀잎과 이슬의 영롱함을 보며
인생의 허무함을 노래하며 술잔을 기울였다
계집들의 노랫소리에 침이 마르고
무고한 생명을 죽이고도
버젓이 얼굴을 들고 뻔뻔스럽게
서울 거리를 거니는 저것들

작가들은 저항의 펜을 들어
그들의 얼굴에 반역자라고 써야 했다

강물의 하소연을 외면한 채
사랑한다고 말만 하면 뭐 해
온몸은 만신창이인걸
포클레인 삽질에 덤프트럭에

심장을 파헤쳐 절명하였는데

구멍 뚫린 어둠의 동굴 저편에 서생원
사업가로 출세하더니 나라를 망쳤다

저항이란 무엇인가
함께 분노하는 것이다
부자들의 문학 권력에 대해
시민사회단체 권력과 천민 자본주의 신자유주의 경제에
명박산성을 쌓았던 독재 권력을 향해
진실을 말하는 것이다

마지막 저항의 전선은 어디인가
아메리카합중국 식민지를 만들려는 세력이다
부러진 펜이여
꺾어버린 자유를 회복하라

민족문학작가회의 깃발이 펄럭이던 시절은

행복이라는 장강의 강물이 흘렀다

낙동강 바람에 실려 간 분단 시대 전사여

피 흘리며 흘러간 세월이여

이념에 저항하라

체험

던져보아 꽃병
꽃이 불타는 밤이야

전경 내린 버스 화염에 쌓이고
함성 소리 위로 우박 같은
지랄탄이 비처럼 쏟아진다

우 우 파출소가 불탄다
늦은 밤 다 타도록
불을 끄는 사람이 없다

집으로 돌아가는데
담당이 따라온다

유치장에 갇혔다
불타는 꽃들이 가득하다
노랫소리 들린다

빨갱이 아들

아흐레째 캄캄한 지하실

내가 끌려온 지 계산도 되지 않지만

풀려나고서야 열흘이 지났다

불빛이 그립던 그 시절

내가 없어진 그 자리

죽음의 그림자가 서 있고

불빛에 밀려난 어둠

저녁 종소리가 들렸다

정작 끌려간 곳은 정보부, 보안대, 경찰국

군복을 입히고 조사를 받던 나는 죽었다

이미 살아서 돌아갈 희망이 없던 그날

금강을 건너는 신탄진 철교 위로 환한 음성

아들아, 에미다 어디 있느냐

살아서 돌아가는 해는 기울고

어머니는 눈물로 살았다

세월이 많이 흘렀다

고문의 후유증으로 고생하지만 살았다

밤을 새워가며 때리던 저승사자 얼굴이 지나갔다

강을 다시 건너며 광화문 광장

수천 수백만 명이 모였다

백만 명의 촛불이 춤을 춘다

도시는 반란으로 들끓고

블랙리스트 촛불이 하나 더 늘었다

승리의 함성이 들렸다

삼월에 내리는 눈

바람이 분다

바람의 속은 늘 비어 있었다
빈 바람을 채우는 것은 고독이었다
그 바람이 나뭇가지를 흔들었고
꽃을 피웠다

불붙은 꽃잎은 바람에 날리었고
물에 떨어져 흘러갔지만
바람은 만나는 마른 나뭇가지마다
눈물을 주었고
붉은 꽃이 피어났다

꽃 피는 날 광장은 비어 있었다
붐비던 사람들이 떠나고 난 빈자리에
꽃잎이 바람을 불러 세웠다
멈추어 선 바람은 강을 바라보았다

흘러가는 강물이 발을 멈추었다
바람은 세게 출렁이며 그 속에서
고독한 사람들에게 들릴 듯 말 듯
봄이 온다고 말했다

봄바람

개가 들판을 신나게 달린다
저기 사람이 꽃길을 거닌다

어디로 저렇게
봄바람은 달려가고 있을까

내 귓가에 들려오는
봄의 교향곡 컹컹 짖는다

하루 종일 바람은
아랫도리를 들뜨게 한다

화순 가는 길

화순 가는 길에 눈이 내렸습니다.
아무도 걷지 않은 새벽 이제 떠나면
누구도 만나지 않을 것만 같습니다

눈 위에 내 발자국도 자꾸만 지워지고
그리움도 지워지고
캄캄했던 인생의 아픔도
차츰 눈 속에 파묻히는
화순 가는 길에 별빛도 희미해지며
동백이 막 피기 시작했습니다
화순 가는 길에
지나간 날들이 생각났습니다
뼈아프게 살았던 과거의 슬픔도
이제 혼자 되어 길을 갑니다
누구도 따라오지 않는
화순 가는 길에 산새가
따라오며 속삭입니다
잘 가세요

다시는 고향으로 돌아가지 마세요.
키우던 짐승들도 잊어버리고
아이들과 아내조차도 잊어버리고
당분간 건강하게

산들과 구름과 바람과 나무와
새들과 꽃들과 벗하며 지내다 오세요.

눈이 이리도 오다가 멈추는 날에
파란 하늘이 열리거든
거기 내 얼굴 하나 그려보세요.
바람이 낡은 종을 치고
산길에 뻐꾹새 울면
문득 그대가 무척 그리울 것입니다.

촛불을 든 아들에게

너와 함께 광화문에서
촛불을 들고 밤을 새웠던 그날 정말 아름다웠어
감동의 눈물을 흘리며 모두가 하나였지
김밥도 나누어 먹고 떡도 나누어 먹으며
서로의 눈을 쳐다보며 웃었지
커피를 끓여내는 사람도 있었고
바나나와 오이를 내놓으며
컵라면을 내미는 착한 마음들 있었다
명박산성을 넘어 자유와 민주주의 회복을 위해
밤새워 촛불을 밝히며 노래 불렀지
아침이슬 내릴 때까지 별을 바라보며
제주 여수 순천 광주 대구 부산 대전 수원 청주 강릉
모든 촛불이 모여들어 백만 송이 장미꽃 향기 뿜내며
5월에서 6월의 광화문 광장으로 모여들었지
그날이 바로 오늘이야
촛불을 다시 들고 외치지 않으면
미치고 환장할 것 같은 이 분노, 이 혁명
대학은 학문의 전당이 아니라 대기업의 하수인

돈 벌러 가야 하는 알바 생산의 지름길이야

학생이 무슨 돈을 벌어

아버지는 촛불을 든 너의 손에서 희망을 본다

장하구나 아들아 정말 장하다

나도 오늘 밤 촛불을 밝히러 가마

할 말은 이것이야 아들아 사랑한다

제5부

2학년 7반

수학여행 간다
즐겁고 기쁜 마음이다
부모님 덕분에 제주도에 간다
한라산 역사적인 의미가 있는 산
어서 보고 싶다

우리 반 아이들은 모두 착하다
배 안에서 오랫동안 기다렸다가
서른세 명 중 단 한 명만
제주를 갈 자유를 얻었다
그런데 나는 천국에 왔다
다시는 녹색 지구별을 밟을 수 없다
하나님은 왜 우리를 부르셨을까

배는 진도 팽목항 맹골수도 깊이 가라앉아
마지막 내 숨이 넘어가는 순간
부모님과 동생 얼굴이 떠올랐다
효도 한번 못 해보고 떠난다

추억에 슬픔을 더할 수 없다

서른두 명이 무사히 천국에 도착했다
제주 한라산 꽃들과 새들과
사슴과 말들이 뛰노는 모습이 보인다
어쩌면 우리 반 아이들은
천국을 너무 좋아했나 보다

아 그런데 부모님과 사람들이
가슴에 노란 리본을 달고 우리 이름을
아침마다 부르고 있구나
나는 어머니가 제일 보고 싶다
아버지 얼굴은 미안해서 볼 수도 없다

벌써 우리가 하늘나라에 온 지
오 년이나 지났네
살아서 진도 팽목항을 나간 친구들아
우리를 잊지 말고 기억해줘

다시는 불행한 사고가 없어야 해
아버지 어머니 동생들아 보고 싶다

세월호 원망하지 않아
너는 목포항 신부두에 올라와
바로 섰다지
부디 우리를 다시는 가두어두지 마라
세월호 세월호야

현봉선

어머니가 떠나시던 날
저는 어떤 선배의 딸 결혼식에 참여했다가
임종도 못 지킨 불효자입니다
백만 촛불 광화문 광장으로 가던
발걸음 돌려 도착하니 운명하셨습니다
날도 춥고 눈까지 내려 미끄러운데
멀리서 부산 목포 진주 제주 서울 광주 인천 대구 대전 수
원 경향 각지에서
슬픔을 함께하여주었습니다
어머니는 자식이 끌려가고 감옥에 갇히고
고문 후유증에 시달리며 괴로워할 때
저를 보고 웃으시며 위로하셨습니다
막내도 영등포구치소, 춘천교도소 갇혀 있을 때
더 크게 우셨던 어머니
설날이 다가와 더욱 생각이 납니다
어머니 제가 잡혀갈 때마다 울었지요
서산에 조각달이 어스름한 밤
아들이 지하 조사실에서 고통당할 때
사는 게 사는 것이 아니었던 어머니

어머니 당신이 돌아가셨을 때

저는 후회하지 않았습니다

임을 위한 행진곡을 불러드리고 싶었는데

"저 높은 곳을 향하여" 찬송밖에 못 부른 아주 나쁜 아들
입니다

빨갱이 아들 목사 엄니라고 주목받던

평생 종북좌빨 목사의 어머니

당신은 추운 엄동설한에 떠나셨습니다

평생 고생만 죽도록 하고

평안하게 사시지도 못한

어머니

불효자를 용서하여주세요

친구가 갑자기 아파 위급하다 하여

광주를 다녀오면서 몰래 어머니 얼굴을 보고 나오던

내가 정말 불효자라고 생각 들어 웁니다

정원 스님 분신자살 소신공양

그때도 어머니를 두고 며칠째 밤을 새우고

백남기 농민 장례식 때도 뉴스를 보았다고 하시던 어머니

밥은 먹고 다니냐 물으시며
집에 가 밥 먹어라 하시던 어머니
그 다정한 목소리도 들을 수 없습니다
동네에서 빨갱이 집으로 늘 쉬쉬하던 시절
어머니는 당당하셨지요
이제 어머니가 아버지와 함께할 때
어머니 당신은 벌써 하늘에 계셨습니다
어머니가 보고 싶을 것입니다
나의 사랑하는 어머니, 어머니, 어머니

술을 마시며

술을 마실 때
마음 비우고
하늘을 올려다보니
남쪽 향해 날아가는 기러기
강촌의 밤 불빛들이
눈물에 젖어 흘러가는데
빈 잔을 채우고 지는 달
고향집 울안에
국화 향기 가득하다

마지막 말

내가 죽어 당신이 산다면
정말 후회는 없어요

저기 저 산봉우리 흰구름처럼
그렇게 청산에 살다 가면 되는 것이지요
욕심도 없어요
그대의 모든 것 다 가지고 가는데요
눈빛 가슴 따뜻한 손
그것이면 충분합니다

내 얼굴을 덮어주실 때
꽃으로 수놓은 당신의 손수건을 얹어주세요
평생을 가난하고 힘든 사람들을 위해서
사는 것이 어쩜 이리 행복했을까요

그렇다고 성자는 아니었습니다
천사처럼 희망의 새가 되고 싶었어요

내 떠나는 날 나무가 말했어요

구름도 말을 하였고

바람도 마지막 인사를 했어요

나뭇가지의 단풍들이 우수수 떨어집니다

내가 죽는다고 후회는 말아요

나는 다시 올 테니까요

흑백사진

낡은 사진첩에
아버지의 얼굴이 없다
잘라낸 아버지의 얼굴은 어디로 갔을까
느티나무 아래 봄은
일곱 살 시절로 돌아와 있고
늙은 아버지는 병상에 누웠다

밤마다 부엉이가 울면
나는 무서웠고 아버지의 품을 찾았다
연둣빛 봄이 오는 아침에 아버지는
번쩍 번개같이 빛나는 청춘을 생각하며
눈물을 흘리셨다

오래된 나무 아래
사진 한 장으로 서 있는 아버지와 난 젊다
어머니의 가위는 지금도 살아 있고
나쁜 기억을 잘라내려고
바보 바보야만을 말씀하신다

지난 선거 때 투표장을 나오며
다음 선거도 할 수 있을까
걱정하시던 아버지는 절망이다
오래오래 살 줄 알았는데 이제 암 말기다
인생의 마지막을 정리 중이시다
아들아 고맙다 고맙다 무엇이 고마울까

아버지의 긴 튜브 속에 붉은 오줌이
내 오줌처럼 맑았으면

봄 숲을 보다

새들은 숲에다
자유라는 이름을 남기며
기호처럼 화살표를 수없이 찍어내던
땅을 박차고 날아 올랐다

새들은 겨울 숲에서 기도하지 않았다
그들의 둥지는 차갑고 쓸쓸했지만
고층 빌딩이 아닌 판잣집으로 이사를 했다

지붕이 있고 마루가 있는 따뜻한 집을 꾸몄다
떠나올 때 숲 지나 모래 바닷가 찐한 암호를 남겼고
새만금의 살던 갯벌을 버렸다

치사하고 돈밖에 모르는 부자들의 땅을 지나
수평선으로 사라지는 새들은 욕을 했다

강남에 다시는 돌아가지 않겠다
비록 여기 살다 죽어도

존재했던 흔적을 남기지 않으리

마녀 사냥꾼에 맞아 죽은 새의 영혼은 연초록
숲은 좌익의 땅이었다

침대

침대 머리맡에 아침 해가 막 떠오르는 시간
백운대 인수봉을 비추고 그 아래 수유리 한신대 교정
젊은 날의 사랑과 추억의 등불이 밝혀졌던 그곳에
단풍이 곱게 물들어가는 날 그리움의 편지를 쓰네

사랑하는 사람에게 흔적을 남기지 않기 위해서
그동안 함께 살아준 고마움 같은 이야기가 아닌
삶의 끈적끈적하고 애절했던 지난 일 기억하거든
침대 없이 살다가 병원 침대에서 함께 지냈던 일

침대를 들여논 날의 찬란하게 아름답던 그 밤
흔들림 없이 창밖 천년의 이야기가 전해져 오는
우수수 노란 잎이 한꺼번에 떨어져 쌓일 때였지
시인들이 마지막 가는 사람 얼굴 보러 오는 날

이미 천사들이 내 손을 잡고 층계를 내려올 때
한강 둔치 낚시하는 태공의 바라보는 그 눈빛
떠날 수 없었지 아직 할 일이 남아서 말이야
그물 안의 그 껌뻑이는 눈 침대 위에 누워 있었지

이별의 봄

짧은 봄날
별들은 남은 봄볕을 즐기려
바람의 숲을 헤치고
작은 꽃잎 위에 입술을 댄다

종로나 홍대 앞 빌딩 안에서
차가운 눈물 한 방울의 이별
유리창에 닦아 보내면
꽃은 한강교 바닥으로 떨어지네

그녀의 속치마 끝에 그리움
늦은 날 푸른 하늘에 잠들면
서울의 황혼은 꽃씨들을 태우고
기적 소리와 함께 떠난다

정처 없는 노숙의 밤도
아침 달빛 창에 가려지고
깊은 그대 눈동자 속에
아픈 기억과 모든 것을 싣고

봄을 위한 노래

어느 누군들 젊은 날이 없었을까
막 피어나는 꽃들의 생동감
햇빛에 손을 흔드는 작은 손
바람 따라 세월 따라 거칠어진 목소리
봄꽃 피는 들판에 늙어가는 머리칼
아지랑이 저 멀리 보이는 신기루
삽과 괭이를 들고 일 나간다

강물이 젊었을 때 이렇게 말했다
흘러가야 강이고 강은 깊이 멀리 흐른다
따라가도 만날 수 없는 것이 젊음이고
삽을 들고 땅을 파며 강가에 나무를 심는다
작은 나무 그 나무에 꽃이 피고
열매가 달게 열린다

아버지는 이미 저세상의 별이 되셨고
나는 그 별을 바라보며 삽과 괭이를 들고
아내가 기다리는 집으로 돌아온다

아이들은 내 젊음의 반을 살았고
봄은 그 절반에 반을 넘겼다

어느새 오후 나무 그림자를 길게 누이고
서산 노을에 이화 만발하니
내 다시 청춘의 때로 돌아와 섰네
그림은 그림의 사연을 담고

종착역

선이 두 개로 나뉘는 길
복선으로 끝나지 않는다
두 선이 한 소리를 내며
바람의 강물 위로 별이 지면
도착했을 때에 슬픈 점이 없다
강철 같은 사나이의 힘줄 위로 흐르는 길
직선과 곡선으로 유연하게
꽃과 색색의 들판을 지나는 계절
모든 것이 끝났다고 느껴질 때
그대 다시 시작하는 곳이다
절망이 희망에게 속삭이는 자리
저 한 지점으로 만나는 곳이 보인다
사랑은 너와 나의 만남
살아서 헤어지고 죽어서 만나는
그 영원한 시작과 종말의 길

진에게

캄캄한 우주의 한 모퉁이 별
작고 작은 별빛 모음의 노래집이 있는 곳
어디서 은하열차가 도착하는 시간
희망이라는 큰 선물이 보이는 간이역
백일홍 꽃이 피어 웃으며 말한
호주머니에 울리는 메시지
사랑, 사랑 사랑해라는 컬러 편지
적이 아닌 적들 앞에 푸른 젊음의 초병은
그녀의 편지를 기다렸지만 오지 않았다
백 년의 슬픔 한 세기가 지났다
구름 펄펄 떨어져 날리는 흰 꽃들
강물 바닥 깊은 곳에 전설들이 살아나고
천년 오층탑 꼭대기 올라가
바라는 기도 드려보면 천둥 번개 스쳐가네
끝이 아니다 끝이 보이지 않는 사랑
사랑은 눈물도 없고 절망도 없다
지구를 떠나는 날까지

돌담 밑에 핀 꽃

돌담을 기어 올라붙은 담쟁이덩굴
이슬도 싱싱한 아침 거미줄 아래
흔하게 보이는 꽃들이 내 눈과 마주친다
살다 보면 이런 꽃들이 내게 힘이 되는 것을
그동안 모르고 살았다
석류가 퉁퉁 익어가는 계절
양지바른 장독대 단지들과 함께
붉고 하얗게 키도 작은 것들이 사이좋게
얼굴을 마주 보고 서 있는 돌담길
시원한 꽃향기 매미 소리에 즐겁다

배롱 반갑다

배롱나무
신부를 맞이하는
신랑의 마음이 되어 반갑다
맑은 실개천에 서서 수줍음 환하게 웃어
어릴 때 대숲이 무서워
방문을 열지 못하다가
붉게 핀 가지 끝 맑은 하늘
열렸다 배롱나무에 그리움
오래된 친구가 왔다
여름 꽃

김복동 할머니

전쟁터 끌려가 모진 고통당하고
평생을 절망의 그늘에 살던 여인들에게
희망의 등불이셨던 할머니의 삶은
정말 위대했습니다

한국군에게 성폭력당한 수많은 베트남 여성
꿈과 희망 용기를 심어주었고
일본의 조선인학교 학생들에게
조선의 독립정신과 평화를 사랑하도록
장학금을 전달해주고 가셨습니다

자신의 모든 것을 내어주고 떠난 할머니
정신대라고 불렸고 위안부라고 했으며
아직도 사죄하지 않은 일본 군국주의자들
아베와 우익보수 전쟁광들이 살아 있는 한
전쟁은 끝난 것이 아닙니다

김복동 할머니가 떠난 겨울밤

북두칠성 별이 아름답게 빛나고 있습니다
저 별에 새겨진 지난 세월 눈물의 강은
은하수를 이루고 흘러갑니다

살인 만행을 저지른 악마들
그들이 사죄하지 않고 버젓이 잘 살고 있습니다
일본 군인이었던 자들 용서 못합니다

친일파와 그 후손들도 저주합니다
김복동 할머니 미안합니다
우리의 적은 북조선이 아니라
남쪽의 대마도 건너 일본이었습니다

어둔 세상의 다리

연극 여행을 떠났다
바람이 불었고 눈비가 내렸다

든든한 바위 밑에
내 튼튼한 다리는
폭풍우로 상처를 입었다

빛의 장치에
향기로운 인생은 망가졌다
험한 세상의 길에
내 다리는 부상을 당했다

관객의 징검다리가 되어주길 바랐고
이웃의 따뜻한 보금자리가 되길 원했다
부상 입은 내 다리는 눈물을 흘렸고
오래 지탱하기 힘들었다

내 다리는 외로운 사람들의 것이었다

힘든 사람들의 희망이었다

조명 없는 다리
댐으로 막혀버렸고
콘크리트 거대한 구조물에 수몰될 위기
다릴 건널 휠체어가 필요하다

그때 무대 뒤 언덕
어둠 저편에서 등불을 켜고
기쁘게 마중하는 이가 보였으니
밝은 다리가 있었다

시가 떠올랐다

시를 쓰려고
촛불을 모두 태우고 나니
지붕 위에 아침 해가 웃고 있었다
시 한 편 쓰려고 끙끙거리다
화장실에서 시원하게
시를 쏟아내었다
그러자 시가 떠올랐다
시는 물소리를 내며 흘러갔고
툭 하고 은유로
물방울 바닥에 떨어져
시 한 편을 썼다
바위를 뚫어라

역사 속에서 문을 열어가는 시

김준태

　가을이다. 광주천변 조그마한 카페에 앉아 시를 읽는다. 목사이면서 시인인 김창규의 시를 조금씩 옥타브를 넣어가면서 소리를 내어 읽는다. 내 경우는 시를 만드는 시(poem=making)보다는 노래하는 시(verse=sing)에 더 신뢰한다. 동서고금 이래로 시는 소리, 노래라고 생각하면서 음악성과 회화성을 동시에 지닌 시에 애정을 보낸다. 이와 함께 시가 당대의 현실을 비껴가지 않으면서 때로는 선언(manifest)적 목소리를 가질 수밖에 없다는 것을 당연히 받아들이고 시의 사회적 역사적 소명과 역할에 의미를 더 부여한다. 지금 내가 이야기하려는 시인 김창규 목사는 그런 생각으로 오늘날까지 시를 쓰고 시를 노래하여왔던 것으로 알고 있다. 적어도 그의 시와 행동은 그렇게 항상 바늘에 실처럼 따라다니면서 사람들의(독자들의) 마음을 꿰매어준다.

1. 십자가를 짊어진 시

여기서부터는, 이 글에서는, 나는 김창규에 대하여 '목사'의 호칭보다는 '시인'의 호칭을 사용하는 게 좋다고 생각한다. 시집 발문이기 때문에 그래야 할 것 같다. 사실 목사는 성직자이기 때문에 어쩌면 시인이라는 말 앞에 놓아야 하지 않을까. 곰곰이 생각하면, 어쩌면 시인도, 성직자가 가는 길을 가야 하는 것인지도 모른다. 물론 온갖 죄악에 노출된 프랑수아 비용과 같은 경우도 있었지만, 시인은 예로부터 하늘과 땅, 너와 나, 사회와 사회, 이웃과 이웃, 인간과 신(the God), 혹은 신들(Gods)을 접속·연결·연대하는 예컨대 접신(엑스터시)하는 기능과 운명을 가진 존재이기 때문인지 모른다. 아무튼 여기서부터 나는 복합적 의미를 가진 '목사 김창규 시인'을 그냥 편안하게 김창규 시인으로 호칭하면서 그가 이번에 펴내는 새 시집 속으로 걸어 들어가려 한다.

먼저 이번 시집에서 대표가 될 만한, 김창규 시인의 모습과 우리들의 지난 모습도 함께 보이는 「통일의 벗」부터 이야기를 시작할까 한다. 1989년 '정부의 허가 없이' 철조망을 넘어가 북한을 방문한 문익환 목사의 '방북 사건'과 6·15남북공동선언 5년째가 되어 남북분단 이후 처음으로 이루어진 '남북작가대회'가 시 「통일의 벗」의 중심 테제로 골격을 갖추어 노래되고 있다.

혹자는 낭만적 통일운동으로 보고 있는 문익환 목사의 방북 사건은 국내는 물론 세계적으로 이목을 집중시켰다. 1989년 당시 전국민족민주운동연합(전민련) 상임고문이었던 문익환 목사는 북한의 조국평화통일위원회의(위원장 허담) 초청을 받아 이해 3월 25일부터 4월 3일까지 북한을 방문한다. 통일민주당 유원호, 재일교포 정경모 씨와 함께 평양을 방문하여 김일성 주석과 두 차례 회담을 갖고 동년 4월 2일 인민문화궁전에서 기자회견을 통해 '자주적 평화통일과 원칙적 문제 9개항'을 발표한다. 자주·평화·민족대단결의 3대 원칙이 합의성명의 기저였다. 이 사건으로 문익환 목사는 귀환 즉시 국가보안법상 반국가단체잠입죄로 구속되었으며 고은 시인도 관련되어 구속된다. 문익환 목사는 징역 7년을 선고받고 복역 중 1993년 3월 6일 사면되었다.

8·15해방 이후 처음으로 열린 '남북작가대회'는 2005년 7월 20일부터 25일까지 평양에서 열렸으며 이때 200여 명의 남북 작가들은 백두산과 묘향산을 함께 올랐다. 남측에서는 염무웅 민족문학작가회의 이사장을 비롯하여 황석영 민예총 회장, 신세훈 문인협회장, 현기영, 송기숙, 황지우 등이 참가했다. 북측에서는 김정호 조선문학예술총동맹 중앙위원회 위원장, 조선작가동맹 김병훈 위원장, 장혜명, 홍석중, 남대현, 오영재, 리호근 등의 시인 작가들이 참가했다. 해외동포 작가들도 참가했는데 이언호 미주문학회장, 김정수 재일본조선문학예술가동맹 중앙상임위원장이 그들이었다.

물론 이에 앞서 남북한 각계각층이 참가한 6·15남북공동선언 1주년을 맞이하여 9박 10일간 일정으로 개최한 '남북한통일축전'이 2001년 8월 15일부터 평양에서 있었다. 서해 북항로를 이용하여 평양 순안공항에 내린 남측 각계각층 대표는 430여 명이었다. 이때 남북한 공동 행사는 평양, 묘향산, 백두산에서 가졌다. 각 단체들은 평양의 인민문화대궁전에 마련된 각 방에서 분야별로 상견례와 함께 향후 사업에 대하여 다양한 논의를 했다. 남북 문학인들은 인민문화대궁전을 거쳐 45층 건물 고려호텔에서 회담 및 친목 시간과 함께 조촐하지만 남북 시인 작가들 서로의 시를 낭송하는 '문학의 밤'을 가졌다.

남측에서는 황석영, 정희성, 도종환, 정도상, 신동호, 신현수, 김준태 등이 문인 대표로 참가했다. 북측은 오영재, 남대현, 장혜명, 리호근, 홍석중 등의 작가들이 시종일관 행사와 자리를 같이했다. 6·15남북공동선언 1주년 기념 행사인지라 서로의 기쁨과 믿음, 열기와 희망도 그만큼 컸다. 2005년 남북작가대회가 공식적인 문학 행사였다면 2001년 남북 문학인들의 만남은 통일축전 큰 행사 속에서 한 장르였다고 말할 수 있었다. 아마 2001년 8월의 만남이 남북한 작가들의 첫 만남이었고 물론 그 이전에 시인 문익환 목사, 소설가 황석영의 방북도 통일염원－분단문학사에서 한 페이지를 펼치고 있다.

2005년 7월, 평양에서 가진 남북작가대회에 참석한 김창규 시인의 감회도 컸으리라. 통일을 향한 기대와 희망도 그만큼 컸으리라 생각한다. 그리고 지금도 한반도의 '하나 됨'에 대하여 그의 기도가 계속되는 것으로 알고 있다. 이번 시집에서 보여준 고문 후유증에서 얻어진 정신적 신체적 트라우마 속에서도, 수많은 싸움과 아픔의 현장 속에서도, 그의 발걸음은 쉬지 않고 정의(justice)에로의 몸짓과 기도는 계속된다. 매일 찾아오는 '기도와 사고(思考)와 행동함' 속에서 그가 제일로 크게 생각하는 테제는 역시 평화와 통일로 간주된다. 이 땅의 모든 비극은 '분단'에서 왔고 지금도 곳곳에서 벌어지는 목불인견의 사건들도 바로 '분단'에서 기인하고 있다는 것을 통감하고 있기에 그러하리라. 하느님의 목자인 김창규 시인은 그가 14년 전에 방문하였던 평양의 봉수교회에서의 기도와 체험을 다음처럼 구체적으로 리얼하게 노래하고 있다. 시 「통일의 벗」은 어쩌면 신앙고백에 더 가까운 시로도 읽혀진다.

> 내가 평양의 봉수교회에 앉아 있을 때
> 하나님은 내게 이렇게 말했다.
> 네 형제를 자신의 몸같이 생각하라
>
> 문익환 선생님을 아신다고
> 그분에 대해서 말해보시오
> 십자가 언덕을 오르는 고난의 종
> 한반도의 평화의 사도
> 아, 맞습네다
> 내가 백두산에서
> 조국 땅을 내려다보고 있을 때
> 너는 이 땅을 사랑하느냐 물었다
>
> 저 드넓은 개마고원 삼천리 금수강산
> 무슨 말이 필요하랴
> 광활한 북만주 벌판 제국주의와의 투쟁
> 빛나는 청산리와 백두산 전투
> 아, 사랑하는 나의 님이시여

통일의 벗, 문익환 선생이여
그대는 잘 있는가
세상을 떠난 지 오래지만
모란공원에 모란꽃이 붉게 피는 날
대동강 모란봉의 사랑도 영원하리라
나의 사랑하는 벗

—「통일의 벗」 전문

"내가 평양의 봉수교회에 앉아 있을 때/하나님은 내게 이렇게 말했다./네 형제를 자신의 몸같이 생각하라". 목사인 김창규 시인은 그가 찾아간 평양의 대표적인 교회당 봉수교회에서 하나님(하느님)의 말씀에 귀를 기울인다. 그리고 이제는 하나님에게로 가서 영생하는 문익환 목사의 말씀을 새겨들으려 한다. 하나님의 목소리와 문익환 목사의 목소리를 같이 들을 수 있는 곳을 찾아간다. 북녘 땅 "네 형제를" 네 "자신의 몸같이 생각하"고 행하라는 하늘에서의 음성을 듣고자 한다. 김창규 시인은 "십자가 언덕을 오르는 고난의 종/한반도의 평화의 사도"를 문익환 목사로 생각한다. 1989년 3월 분단 이후 최초의 반(半)공개로 진행된 김일성 주석과의 회담을 통해 평화를 강구했다는 것은 '시인과 목사인 문익환'의 단순한 로맨티시즘으로 치부할 수 없을 것이다. 한반도 분단의 역사에서 통일에 대한 서로의 의지와 용기를 보여준 평화적 사건으로서 시사한 점이 많았던 것은 사실이다. 그런 차원에서 통일의 벗—문익환 목사를 노래한 시는 지금도 여전히 감동을 동반한다.

세월이 많이 흘렀다. 김규동 선생의 시에서처럼 "밥 빌어먹

146

다 보니까/놀다 보니까/통일은 저만큼 멀어져왔다"는 아픈 자괴감마저 든다. 그러나 통일은 궁극으로 우리 민족이 추구해야 할 생명의 밥그릇이다. 평화가 밥이요 통일 또한 밥으로서 궁극으로 이 땅 한반도에서 평화와 통일이 하나가 되는 나라로서 성취되어야 할 것이 아닌가. 그런 의미에서 김창규 시인의 통일의 시편은 더 많이 씌어져야 할 것으로 사료된다. 1민족 1국가를 주창한 김일성 주석의 고려연방제는 이제 김대중 대통령의 '연합정부론'(두 개의 체제를 서로 인정하면서 두 개의 체제가 연합정부를 형성하는, 단계적으로 하나됨의 나라를 창출하는)을 보다 차분하게 발전시켜나가는 일련의 노력들이 요구된다.

연합정부론은 평화 프로세스의 단계적 통일론에서 출발한다. 물론 연합정부론은 완벽한 것은 아니다. 보다 과학적이고 보다 구체적인 믿음을 가지고 내일을 전망하는 예언과 실천력을 가지고 나아가다보면 한반도 평화통일의 길은 '둥글게' 벅차게 열릴 것이다. 바로 그 과정에서 노래되는 것 중의 하나가, 어쩌면 '십자가의 길'을 두려워하지 않고 즐거운 마음으로 가고 있는 목사 김창규 시인의 삶과 기도일 것이다. 그 십자가의 길에는 물론 하나님(하느님)과 문익환 목사와 '통일의 벗(벗들)'이 같이하고 있을 것이다.

2. 트라우마의 시

김창규 시인은 몸이 성하지 않다. 그는 언제 어디에서나 절뚝절뚝 걷는다. 1970년대부터 보여준 기독교운동과 사회운동 그리고 5·18광주항쟁과 이력 등이 그의 오늘의 몸을 말해준다. 그는 한때 심한 간질환으로 사경을 헤맨 바 있다. 추측이 아니라 확신컨대 그는 잦은 구류·구속 생활과 특히 1980년 5월 광주항쟁으로 감옥을 살면서 얻은 고문과 구타로 몸과 거동이 자유스럽지 못한 것으로 안다. 속칭 '안짱다리'가 되어 절뚝절뚝 걸으면서도 그는 쉬거나 잠시도 가만있지를 않는다. 그가 사는 청주와 충청도는 물론 서울이고 부산이고 광주, 울산, 제주, 여수 등 이른바 '현장⑺'으로 뛰어가서 기도하고 주먹을 쥔다. 사람들이 고통 받는 곳에 그의(혹은 우리의) '하나님'이 계신다고 생각하는 것이 그의 믿음이다.

올해로 예순다섯인 김창규 시인은 1954년 충청북도 보은 법주리에서 태어났다. 아버지 김웅서 님과 전라북도 무주에서 시집온 어머니 현봉선 님 사이에서 이 세상에 몸과 얼굴을 내민다. 어머니는 어린 시절부터 교회를 다니셨고 공무원 출신인 아버지는 돌아가시기 전에 예수를 믿었다 한다. 그렇게 보면 훗날 목사가 된 김창규 시인에겐 기독교가 모태신앙인 셈이다. 아버지는 6·25 참전병사로 전쟁유공자 묘역에 잠들어 계신다. 어머니의 이력을 들여다보면 외할머니와 함께 일본에서 초등학교를 나왔다고 한다.

김창규 시인의 학교관계 이력을 들여다본다. 1975년 한국신학대학(한신대학)에 입학한 그는 다음 해 2학기에 제적을 당한다. 학교로 돌아가지 못한 그는 서울 충정로에 소재한 선교교육원 위촉생 과정으로 공부를 한 끝에 졸업과 동시에 목사가 된다. 이 무렵 그는 대학교에서 쫓겨난 해직 교수들한테서 3년 가까이

신학과 사회와 역사, 목사의 길을 배운다. 서남동 목사, 안병무 교수, 이우정, 박현채, 리영희, 서인석, 한승헌, 이삼열 교수한 테 배운다. 1984년 군산복음교회 전도사로 시작한 그의 목회 활동은 1985년 11월 고향인 충청북도 청주로 돌아가 개척교회 '빛 고을교회'(세상에…… 전라도 광주도 아닌 청주에서 '빛고을교회'라!)라는 이름으로 문을 연다. 그리고 현재는 이름을 바꾸어 청주 나눔교 회의 담임목사다.

1980년 4월, 소위 민주화의 봄을 맞이하면서 김창규의 대학 시위도 시작된다. 유인물을 열심히 만들어 배포하고 서울역 연 합시위에 참가한다. 1980년 5월 광주항쟁과 계엄군의 광주 학 살을 전해들은 그는 항쟁 바로 직후에 발표된 김준태 시인의 시 「아아 광주여 우리나라의 십자가여」를 등사해서 학교와 거리에 배포한다. 결국 수배를 당한 그는 6월 중순경에 충청북도 경찰 에 체포되어 보안대로 이첩, 계엄사령부 대전 제3관구에서 재판 을 받고 수감된 후 기소유예로 풀려났으며 이듬해 다시 대전경 찰서에 붙들려가 조사를 받고 구속되는 수모를 거듭한다.

돌이켜보면 목사 김창규 시인의 교회운동과 사회운동은 1960 년부터 비롯된다. 한국기독교장로회청년회충북연합회 활동을 시작으로 EYC충북연합회를 만들고 기장충북연합회장, 기장청 년회 전국연합회 수석부회장, 충북노회 평화통일위원장 등을 두루 거친다.

문단 이력을 보면, 1983년 〈분단시대〉 동인을 만들어 대구의 배창환, 김종인, 김윤현, 정대호 시인 그리고 청주의 도종환, 김 희식과 함께 활동하면서 다음 해 5월 5일 『분단시대』 1집을 펴낸다. 1985년 신작합동시집 『그대가 밟고 가는 모든 길 위에』에 시 5편을 발표하면서 본격적으로 문학활동도 개시한다. 첫 시집 『푸른 별판』(청사출판사, 1988)으로 시작으로 『그대 진달래꽃 가슴 속 깊이 물들면』(온누리 출판사, 1990), 『슬픔을 감추고』(살림터, 1992) 를 펴낸다. 그는 충북작가회의와 충북민예총을 건설하는 데도 앞장을 섰다.

이 지면에 거의 다 옮길 수 없을 만큼 '시인 김창규 목사'의 이 력이랄까 활동은 끊임이 없다. 숨이 가쁠 정도로 그의 목회 활 동과 사회 활동은 계속된다. 아마 이것은 그가 1980년 '오월광 주'를 통해서 부여받은 하나님(하느님)의 명령 때문이리라 생각된 다. 사실 그는 예수님, 하나님, 기독교 운운하는 말을 잘 하지 않 는다. 그가 목사라는 사실도 밝히지 않는다. 성경(바이블) 구절도 대화 속에 넣지를 않는다. 다만 '십자가'라는 말만은 여기저기 시 속에서 '세우고(standing)' 있다. 지금까지 그가 걸어온 길이 '십 자가의 길'이기 때문에 그의 사회 활동도 문학 활동도 있어온 것 같다는 생각이다. 절뚝절뚝거리는 안짱다리로 청주에서 서울 로, 청주에서 광주로, 청주에서 제주로, 청주에서 DMZ평화띠 잇기운동으로, 청주에서 전국 곳곳으로 절뚝절뚝 안간힘을 쓰 며 달려가는(?) 그의 모습은…… 어쩌면 그의 몸 자체가 '십자가' 처럼 느껴지게 보인다.

대전 계엄사에서 안짱다리가 돼버린, 그리고 옥독(獄毒)—그 는 감옥에서 얻은 간질환을 심하게 앓기도 했다—에서 얻은 병 으로 시달리고 있지만 그것을 버티어내고 이겨내면서 잠시 동 안의 휴식이나 게으름을 용납하지 않고 살고 있다. 그는 청주에서도 병원에 다니고 있지만 몇 년 전부터 매달 한두 차례 광주에 설립된 트라우마센터를 찾아가 치료를 받고 있다. 광주 상무지구에 자리잡고 있는 트라우마센터는 5·18부상자·구속자·유족들이 고통을 치료하기 위해서 찾는 곳이다. 뿐만 아니라 이곳은 역사 속에서(주로 독재 시대의 억압 속에서) 상처를 입은, 구속과 고문을 계속 당하면서 살아온 사람들이 자주 찾는 문자 그대로 '치유센터'이다.

그의 시 「트라우마」 「자화상」 「빨갱이 아들」 등의 시편은 바로 그가 5·18민주화운동에 연루되어 감옥에서 얻은 상처와 악몽, 그러나 꿈을 담고 있다. 그의 꿈은 혼자서 꾸는 꿈이 아니라 한국의 근현대사 속에서 고통을 당한 모든 사람들과 함께 꾸는 꿈이다. 때로는 그래서 그의 시는 아리스토텔레스가 지적한 것처럼 비극의 극점을 통해서 찾아오는 카타르시스가 강하게 작용하기도 한다. 청주에서 기차를 타고 광주의 트라우마센터를 찾아가는…… 그리고 트라우마센터의 베드에 누워서 한 시대와 우리 시대, 또 다른 우리 시대를 함께 불러와 고통과 함께 치유하는 그의 시는 두 눈을 부릅뜨게 하는 분노 못지않게 슬픔 또한 크게 반영한다.

> 유령의 몸뚱이는 아니다
> 살아서 호남평야를 지나네
> 백의의 옷들이 피 묻은 채로
> 장사지낸 그 수많았던 몸들
> 기억 속에 남은 것은
> 내 몸을 죽인 악마들이다

무등산이 곧바로 보이는 십 층
커튼을 젖히고 푸른 하늘 숨을 들이쉰다
오, 이것이 살아 있는 나로구나
유령은 떠돌고
총검을 한 군인들은 살아 있다
끔찍한 기억의 피흘림
고통 받는 자 앞에 웃는 얼굴
잊을 수 없는 유령의 이름 공수부대원
지하실의 십자가
몸은 기억을 거부한다
트라우마 상처 깊이
뼈가 소리를 낸다
아, 아프다

—「트라우마」 전문

얼굴을 씻을 때마다
과거의 시대를 아직도 넘지 못하는
내 잠재의식 속의 물고문
의자 뒤로 해서 수갑으로 두 손 묶고
얼굴에 수건을 덮어씌운 채 물 붓는다
물이 아랫도리를 적시면
숨을 더 이상 쉴 수가 없다

일제강점기 고등계 형사로부터 배운
온갖 고문 육모방망이가 울고
스러져 숨을 헐떡거리면
징그럽게 웃는 고문 기술자 얼굴이 떠오른다

비녀 꽂기 전기고문 잠 안 재우기
사람의 얼굴이 아니다

어디서 본 얼굴일까
아들이 아버지를 닮아서 고문 기술자가 된
목사가 된 그 사람
하나님은 계신 걸까
지긋지긋한 세월 무서운 얼굴

전화벨 울릴 때마다 놀란 가슴이 뛴다
감시당하고 미행당하는 것 알지만
그 얼굴이 떠오르면
갑자기 내려가던 걸음을 멈추고 뒤를 본다
아무도 없다
캄캄한 어둠 속의 지하실
처절한 비명 소리
살려주세요

—「자화상」 전문

아흐레째 캄캄한 지하실
내가 끌려온 지 계산도 되지 않지만
풀려나고서야 열흘이 지났다
불빛이 그립던 그 시절
내가 없어진 그 자리
죽음의 그림자가 서 있고
불빛에 밀려난 어둠
저녁 종소리가 들렸다

정작 끌려간 곳은 정보부, 보안대, 경찰국
군복을 입히고 조사를 받던 나는 죽었다
이미 살아서 돌아갈 희망이 없던 그날
금강을 건너는 신탄진 철교 위로 환한 음성
아들아, 에미다 어디 있느냐
살아서 돌아가는 해는 기울고
어머니는 눈물로 살았다
세월이 많이 흘렀다
고문의 후유증으로 고생하지만 살았다
밤을 새워가며 때리던 저승사자 얼굴이 지나갔다
강을 다시 건너며 광화문 광장
수천 수백만 명이 모였다
백만 명의 촛불이 춤을 춘다
도시는 반란으로 들끓고
블랙리스트 촛불이 하나 더 늘었다
승리의 함성이 들렸다
삼월에 내리는 눈

—「빨갱이 아들」 전문

억압과 고문이 되풀이되는 감옥 안에서 성직자로서 그러나 무엇보다도 아프게 찾아오는 '절대고독'은 때로는 바이블에서의 예수의 최후의 심판을 상기시킨다. 시 「최후의 심판」은 모든 수감자들이 느낀 고독, 그것을 대변하는 시이기도 하지만 수감자 아닌 감옥의 창밖에서 살고 있는 모든 사람들도 함께 느끼는 '인간적인 너무나 인간적인' 그 고독을 보여주는 한편의 야상곡이다. 절벽처럼 내리꽂힌 벽돌 감옥 안에서 무릎을 꿇고 기도하는

'시인 김창규 목사'의 모습을 보여주는 시가 「최후의 심판」인 것으로 읽힌다. "별들도 간신히 들어와 얼굴을 드미는" 벽돌감옥 안에서 "심한 고통과 슬픔도 풀벌레 소리에 위로"가 되는⋯⋯ 그래서 차라리 그의 "몸을 기어다니는 벌레들"한테도 사랑을 느끼는 시인 김창규 목사! 그는 그 고통스러운 밤을 차라리 "황홀한 밤"이라고 노래한다. 그에게(우리 모두에게) "마실 것과 먹을 것을 주었던 사람"은 다름 아닌 '예수'가 아니었을까! 차가운 감옥 바닥에서 무릎을 꿇고 기도하는 그는 어디서 들려오는 "바이올린 소리"를 듣는다. 아마도 그 소리는 천상의 음악일 것이다. 눈 내리는 밤⋯⋯감옥 안에서 시인 김창규 목사는 "사람 사는 세상 높은 담 안에/내일 죽는다 하여도/쓸쓸하지 않았다"고 회고한다.

외롭고 고독한 밤이었다
별들도 간신히 들어와 얼굴을 드미는 곳
심한 고통과 슬픔도 풀벌레 소리에 위로가 되고
내 몸을 기어다니는 벌레들
황홀한 밤이었다

어떤 사람도 찾아오지 않는
답답한 창가에 곤줄박이 한 마리 머리를 숙이고
밤새 안녕을 전하며 앉아 있다

벽면을 바라보며 기도하는데
신의 음성이 들렸다

찬바람이 불었고
불기운 없는 마룻바닥에 담요를 두껍게 깔아도
춥고 떨리고 외로웠던 사나이
내게 마실 것과 먹을 것을 주었던 사람이 말했다
내일은 외롭지 않을 것이라고

눈이 내렸고
바이올린 소리가 들렸다
사람 사는 세상 높은 담 안에
내일 죽는다 하여도
쓸쓸하지 않았다

—「최후의 심판」 전문

3. 해방신학의 시

그들은 예수를 십자가에 못 박았다. 그리고 주사위를 던져 각자의 몫을 정하여 예수의 옷을 나누어 갖고 예수를 지키고 있었다.

— 마태 27 : 35

"그렇다. 그렇다. 아니다. 아니다."(EST EST NON NON)

— 마태 5 : 37

한신대학은 김창규 시인의 모교이다. 그는 이 대학에서 졸업을 마친 학생은 아니었지만(시위 전력으로 제적당했다) 독재 시대, 투쟁의 과정에서 이미 어엿한 한신대학 학생이요 그리고 훗날 한신대 졸업생으로 기록된다. 그는 가시밭을 비껴간 사람, 시인, 목사가 아니었다. 그의 스승은 먼저 한반도이며 한반도의 근현대사이며 그리고 앞서 얘기하기 시작한 장공 김재준 목사, 서남동 목사, 안병무 교수 등이 그의 스승으로 우뚝, 현현한다. 그의 마음자락에 깊고 넓게 자리잡은 이들 스승은 그의 목회 활동은 물론 그의 시에도 큰 바탕을 이룬다. 한신대학의 정신 그리고 대학이 희망하고 실천하는 것은 교회 안에서만이 아니라 오늘 우리들이 짊어지고 갈 역사의 혹은 삶과 기도와 행함, 사랑과 평화와 통일에로의 십자가로서 존재하는 것으로 규정된다.

장공 김재준(長空 金在俊.1901~1987) 목사는 1953년 한국기독교장로회(기장)를 창설하고 1940년 한신대학교(전 조선신학교)를 설립한 인물이다. 장공은 '사회적 기독교를 통하여 민중의 구원'을 달성시키려 하는 것으로 그의 기독교 사상의 축을 이루었다. 장공의 기독교는 기독교 신학자 칼 바르트의 영향으로 새롭게 한국인의 신앙을 개척하였다는 평가를 받는다. 한신대학의 인맥으로는 연세대 교수 서남동(1918~1984) 목사를 시작으로 김용옥(고려대), 현영학(이화여대), 김용준(고려대), 노명식(경희대), 이문영(고려대), 조요한(숭실대), 서광선(이화여대), 이계준(연세대), 한완상(서울대), 김찬국(연세대), 이삼열(숭실대) 교수가 있다.

한신대학의 민중신학 혹은 해방신학에 지대한 영향을 끼친 서남동·안병무 교수 등 한국의 진보적 교수들이 '하느님의 역사' 속에서 받아들인 신학자는 칼 바르트(1886~1968)의 교회교의학, 본 회퍼(1906~1945)의 세속화 신학, 볼프하르트 파넨베르크

(1928~)의 역사로서의 계시신학, 위르겐 몰트만(1926~)의 희망의 신학, 라인홀트 니버(1892~1971)의 도덕적 신학, 데아르드 샤르뎅(1881~1955)의 역사신학 등이 그것인데 시인 김창규 목사의 공부도 그 범주에 넣을 수 있겠다.

사실 20세기를 대표하는 신학자들은 거의가 제1, 2차 세계대전을 겪은 사람들이다. 바르트, 파넨베르크, 본 회퍼, 몰트만 등이 모두 히틀러와 파시스트들에서 비롯된 전쟁의 피해자들이다. 때문에 이들의 신학은 당연히 종말론적이지만 현실적이고 현실적이지만 종말론적이다. 나아가 이들의 신학은 당연히 모든 사고와 행동에 있어서 앙가주망(현실참여)의 의미를 부여받는다. 그러다가 본 회퍼처럼 히틀러의 게슈타포(비밀경찰)에 살해된 경우도 있다. 하지만 이들은 굽히지 않고 끊임없이 교회의 현실참여로 희망을 세우려 한다. 그 희망이 바로 '죽음 속에서 부활한 예수'이며 인간의 미래라고 믿는다.

김창규 시인이 공부한 칼 바르트는 "기독교 신앙은 인식이며 나아가 인식의 행위이다"라는 말로 '교회교의학'을 정의한다. 우리가 알고 있듯이 칼 바르트는 개혁교회 신학자로서 나치 반대운동으로 유명하다. 그는 1935년 독일 '바르멘 선언'을 통해 하느님의 말씀(Logos)인 예수 그리스도 그분 외에는 누구에게도 복종할 수 없다는 것을 거듭 밝히고 히틀러의 나치즘에 반기를 들어 추방당한다. 시인 김창규 목사도 칼 바르트처럼 "구유에서 나시고 골고다에서 죽기까지 하신 신이 바로 우리 신이다"라는 점을 강조하고 증거한다. 결국 그의 하느님은 '역사하는 하느님'으로 존재한다. 한신대 대학원에서 공부한 영어영문학자이며 전남대 교수였던 명노근(전남대교육지표사건과 5 · 18항쟁으로 구속, 해직) 선생의 말을 잠시 옮기면 이렇다. 시인 김창규 목사도 5 · 18 구속자이기에 명노근 교수의 말씀도 적절한 비유와 인용이 될 것 같다. "하느님은 역사적이다. 우리가 '높은 데 계신 하느님'이라고 말할 때 이는 하느님의 초월적 존재라는 것을 의미한다. 그러나 초월적 존재라고 해서 우리와 상관이 없고 우리와 떠나 계시다는 의미는 아니다. 하느님은 우리 속에 계시고, 우리 속에서 일 하시고, 행동하시며 말씀하신다. 그리고 이 모든 일은 하느님의 구속사에도 집중된다. 이것이 하느님의 위대한 본성이고 그분의 자유로운 사랑의 현현이시다. 그분은 바로 아브라함을 불러내시고, 불쌍한 민족을 출애급시키고, 이들의 오랜 불신실함과 불순종에도 불구하고 끝내는 구유에서 나시고 골고다에서 죽기까지 하신다. 이런 신이 곧 우리 신이다."

신학자 몰트만은 '희망의 신학'에서 다음처럼 말한다. 하느님은 역사를 초월해서 계신 것이 아니라 역사의 종말에 계신다. 그래서 이 하느님은 역사의 종말에서 우리를 부르고 계신다. 그러므로 우리는 이 역사의 종말 즉 하느님의 미래를 향해서 이스라엘 민족이 애굽의 노예생활에서 탈출했듯이 현재의 부조리와 '노예 상태'에서 탈출해야 한다. 하느님의 정의와 사랑의 질서를 향한 신학은 그래서 행동의 신학이다." 하느님의 계시와 역사를 연계하여 논리를 펼친 몰트만은 일찍이 에른스트 블로흐(1855~1977)에게서 영향을 받은 신학자이다. 『유토피아의 정신』와 『희망의 원리』를 저술한 블로흐는 변증법적 사유를 통해서 '역사상 아직 존재하지 않았던 고향' 혹은 희망의 실체를 찾으려 한 20세기를 대표하는 독일의 위대한 철학자이다. 블로흐에게 "모든 존재는 '아직 존재하지 않는 것'이기에 역사는 다가올 미래에 이루어질 존재에 대한 희망을 향하여 움직이고 있는 것"라는 점에서 몰트만과 맥을 같이한다. 위르겐 몰트만의 신학은 1980년대, 동방의 작은 나라 한국의 기독교 민중신학 진영에 실체로 나타나서 절망과 좌절이 아닌 또 다른 희망으로서의 고통을 나눈다. 독일 함부르크 출생으로 제2차 세계대전에 가담하여 전쟁포로가 되었던 위르겐 몰트만. 그가 한신대학교 강의실과 교회 속에 자주 드나드는 이유이다. 민중신학과 해방신학에로 '빛의 화살'을 당연히 쏘아올린 신학자들과 목회자들, 한신대학의 사회적 영향은 한때 한국의 양심을 대표했다.

민중신학의 아침은
분단의 장벽과 철조망이 사라지는 것이다
임진강 건너 판문점을 통과
개성, 평양, 신의주까지 말씀이 걸어가야 한다
백두산에 이르면 식민지의 노예들을 풀어주고
친일, 친미 역적들을 심판하고
하나님을 만나는 것이다

친북좌파 만들어내는 교수들 입에 축복이 내리고
부패한 권력의 심장부에 불의 심판이
그 내장 속에 욕심이 가득차서 똥덩어리가 돈이 되어
교회가 무너지고 십자가 부서지는 역사가 일어나야
문익환이 부활하고 장준하 서남동 안병무가
한신대에 살아날 수 있다

철천지원수가 평양에 사는 사람들인가
그리스도를 믿는다면
아담 최후의 낙원은 어디에 있을까
이 역사가 날조되고 왜곡되어
미군이 점령한 남쪽은
김대중, 노무현 대통령 시절의 평화가 없다
군부독재에 저항하던
한신정신은 어디로 사라진 걸까

수유리에서 한라까지
그리스도의 마지막 고난은 시작되었고

문익환을 불러 평화의 도구로 사용하여
어두운 밤 등불을 켜고 통일의 길을 밝혔지
서울광장 광화문 백만 촛불 켜지고
방방곡곡 골짜기 강 마을 빛났을 때
한신의 별은 빛났다

위대한 저항정신 장공의 하늘이여
4월의 젊은이여
그대가 죽지 않으면 교회가 살 수 없으며
겨레가 살 수 없다
갈릴리의 민중이여 봉기하라
한신인이여 일어나라

―「겨레의 등불을 켜기 위해
―한신대학 70주년 아침에」 전문

갈릴리 가난한 사람들 이야기
제자 네 사람은 모두 어부
그들의 이름은 모른다 하더라도
통일을 위해 싸우는 팔레스타인
그들의 해방을 위해 연대한다

바다 위를 걸으시며
떡을 떼어 오천 명의 전사들에게 나누고
그들은 모두 저항군이 되었다

열둘 많지 않은 부하들에게
예수는 혁명을 말했다

해방을 위해 로마와 싸웠던
젊은 청년의 나이는 서른세 살
꽃다운 나이에 숨겨간 언덕에서 커피를 마신다

포도주에 취했던 지난밤
남원의 바닷가에서
팔레스타인 해방을 위해 기도한다

가난한 예수
용두암 바닷가 용머리
하늘을 향해 염원한다
남쪽 가난한 이들에게
붉은 동백이 머리를 숙인다

—「가난한 당신」 전문

눈 내리는 고속도로
오산을 거쳐 병점을 향해 달렸다
딸이 운전하면서 말했다
아빠, 졸업 축하해요

세마대가 보였고 독산성이 보였다
정조가 묻힌 유서 깊은 곳에
민주화운동의 산실 한신대학이 있다

어두운 시절 민주주의 환청이 들렸다
고문과 투옥, 감금, 연행, 가택 수색

전화가 울렸다 꽃 배달입니다
그 꽃은 바보 노무현을 좋아하는
부산의 집사님이 보낸 장미꽃 다발이었다

이 먼 곳까지 새벽 기차를 타고
딸의 이야기가 지나갔다
뜨거운 눈물이 흘렀다

아내는 말이 없었다
꽃다발에 피눈물이 뚝 떨어졌다
한신대 십자가에 번쩍 해 하나가 걸렸다
사순절이었다

―「빛나는 졸업장」 전문

"어두운 시절 민주주의 환청이 들렸다/고문과 투옥, 감금, 연행, 가택 수색"을 당하기가 부지기수……. 김창규 시인은 한신 대학에서 주는 '빛나는 졸업장'을 받기 위해 "눈 내리는 고속도 로/오산을 거쳐 병점을 향해 달"려가는 그의 가족들의 모습을 보여준다. 딸은 운전을 하고 아내는 눈시울이 젖고 시인은, 목 사는 다만 "뜨거운 눈물"을 흘리고 있었다. "꽃다발에 피눈물이 뚝 떨어졌다/한신대 십자가에 번쩍 해 하나가 걸렸다/사순절이 었다"로 매듭을 짓는 시 「빛나는 졸업장」은 어느덧 오늘의 한신 대학을 다시 노래하기 시작한다. "민중신학의 아침은/분단의 장 벽과 철조망이 사라지는 것이다/임진강 건너 판문점을 통과/개 성, 평양, 신의주까지 말씀이 걸어가야 한다/백두산에 이르면 식민지의 노예들을 풀어주고" 그리하여 마침내 "하나님을 만나" 는 노래를 부르는 것이다.

4. 5 · 18광주항쟁의 시

모세는 이스라엘의 원로들을 모두 불러 그들에게 말하였 다. "너희는 가서 저마다 제 집안을 위하여 작은 짐승을 한 마리씩 끌어다 파스카(필자 주 : 부활절과 같은 뜻으로 사용 한다) 제물로 잡아라. 그리고 우슬초 한 묶음을 가져다가 대 야에 받아놓은 피에 담가라. 그것으로 그 대야에 받아놓은 피를 두 문설주와 상인방에 발라라. 너희는 아침까지 아무 도 자기 집 문밖으로 나가서는 안 된다. 주님께서 이집트인 들을 치러 지나시다가, 두 문설주와 상인방에 바른 피를 보 시면, 그 문은 *거르고 지나가시고*(필자 주 : 파스카) 파괴자 가 너희 집을 치러 들어가지 못하게 하실 것이다. 너희는 이

것을 너희와 너희 자손들을 위한 규정으로 삼아 영원히 지켜야 한다."

— 출애급기(탈출기) 12 : 21~24

내가 세상에 평화를 주러 온 줄로 생각하지 말아라. 평화가 아니라 칼을 주러 왔다.

— 마태 10 : 34

사람들이 돌로 칠 때에 스테파노는 "주 예수님, 제 영혼을 받아주십시오." 하고 부르짖었다. 그리고 무릎을 꿇고 큰 소리로 "주님, 이 죄를 저 사람들에게 지우지 말아주십시오." 하고 외쳤다. 스테파노는 이 말을 남기고 눈을 감았다.

— 사도 7 : 56~60

"민중을 위해 순교하더라도 사랑으로 살고 사랑으로 죽어야 합니다. 당신은 눈앞에서 남자가 살해되고 여자가 능욕당하며, 교회가 불에 타고 약탈이 행해지고 있으니, 다른 민족의 칼날과 고문으로 무참하게 생명을 잃는 것보다 도망치는 쪽이 좋겠다고 말합니다. 당신은 우려하고 있는 재난보다 더욱 무서운 재난, 재난을 무서워하는 두려움에 빠진 것입니다. 왜 신의 연민에 의해, 두려움에 맞서 용감하게 싸우려고 하지 않습니까. 육체적인 위해나 굴욕보다 영혼의 결백을 잃는 것을 더욱 두려워하시오. 진정한 순결은 마음에 보전되는 것으로 폭력으로 범할 수 있는 것은 아닙니다. 육체가 칼날 아래 죽는 것보다 마음이 악령의 검에 살해당하는 것을 두려워합시다. 외적 건물이 불타는 것보다 성령의 궁전이 멸망하는 것을 더욱 두려워합시다. 일시적인 죽음이 아닌 영원한 죽음의 공포를 생각하십시오. 사람이 단 한 명이라도 마을에 남

아있는 한, 그곳에 머물며 주의 힘으로 그 사람에게 죄의 용
서를 이야기하고 위로와 격려를 줄 수 있도록 노력합시다. 최
후의 일인이 될 때까지 사랑으로 봉사하고 사랑에 의해 사십
시오. 어떠한 위험과 조우하더라도 은혜로우신 신께서 힘과
사랑을 갖춰주실 것을 믿고 기도합시다."

— 성 아우구스티누스가 호노라투스 주교에게 보낸 편지

서양에서 민족 대이동기인 AD 429년이다. 북방민족으로 게
르만의 한 부족인 반달족이 아프리카의 북부도시인 카르타고,
히포, 티아바 등을 공략할 때이다. 반달족은 가는 곳마다 목
불인견의 약탈·폭행·살상·방화·파괴를 자행한다. 티아
바 시의 주교 호노라투스는 히포 시의 주교 아우구스티누스(AD
354~430)에게 "이 엄청난 순간에 교회의 주교는 무엇을 해야 하
는가, 이민족에게 비참하게 살해당하기보다는 신도와 교회를
위해 도피하는 것이 좋은가"라고 물어온다. 이에 75세의 노주교
아우구스티누스는 도피를 반대하는 답장을 썼던 것이다. 그는
히포 시로 반달족이 파죽지세로 쳐들어오는 소리를 들으며 76
세로 눈을 감는다. 검은 무리들이 도시에 철퇴를 가할 때 우선
피하는 것이 상책인가? 아니면 폭력에 맞서 즉각적으로, 혹은
끝까지 싸우는 것이 상책인가? 시민들과 삶과 죽음을 같이하는
것이 진리를 추구하는 자의 길일까?

성직자 김창규 시인의 5·18광주항쟁 관련 시편들을 읽을 때
는 정녕 바이블의 여러 대목이 떠오른다. 특히 구약성서가 떠오
르기도 한다. 앞서 그의 시 「최후의 심판」에서도 읽었듯이 그는
광주항쟁을 광주가 아닌 청주와 대전에서 그리고 나중에는 전

국에서 겪는다. 특히 청주에서 체포되어 대전 계엄사로 끌려갈 때의 그의 모습을 떠올릴라치면 나 또한 잠시 두 눈을 감는다. 목사 김창규 시인! 그는 매스컴이 아닌 '사람의 말과 말'로 1980년 5월의 광주를 듣는다. 그리고 김준태의 시 「아아 광주여 우리나라의 십자가여」를 접한다. 당시에 무슨 인터넷이 있었던가, SNS가 있었던가. 그는 등사판에 철필로 예의 「아아 광주여……」시를 옮기어 복사한 다음 거리와 대학에 뿌린다. 수배 끝에 계엄사령부 대전3관구로 끌려가 잔인한 각종 고문, 구타를 당한다.

앞서 이야기한 모세의 파스카 이야기, 히포의 대주교 아우구스티누스의 '고백'을 통해서 이 글을 읽는 사람들은 1980년 5월의 광주를 상상할 수가 있을 것이다. 바로 그러한 상황에서 시인 김창규는 그의 왕 '하나님(하느님)의 명령'을 좇아 광주의 진실, 광주의 죽음, 나아가 광주의 영광과 승리를 가능한 한 널리 알렸다. 마치 지붕 위에 올라가 외치듯 그리고 새벽닭이 어둠 속에서 두 날개로 횃대를 치듯이 그렇게 외치고 외쳤다. 고문, 구타 끝에 그가 죽을 때까지 절뚝절뚝 걸어 다닐 수밖에 없는 안짱다리가 되었지만…….

목사 김창규 시인! 그는 지금도 하느님의 말씀을 입이 아닌 몸으로 전하는 목사로서 세상의 가장 아픈 곳, 불 밝혀야 할 곳을 찾아서 간다. 그것은 바로 1980년 5월의 광주가 그에게 안겨 준 민주주의, 사람생명존중, 하나됨(통일)의 세상, 사회공동체=사람공동체=두레공동체가 준거하는 대동세상을 염원하고 행동하고 그리고 시로 옮기면서 오늘을 기도한다. 아마도 이번 그의 새 시집에서 가장 깊숙이 젖어 들어오는 「눈이 내리네」는 읽는 이의 가슴을 저릿저릿하게 만든다. 가슴을 울먹거리게 한다. 설명이 필요 없는 이 시는 그러나 이 땅을 살아온 수많은 사람들의 애환처럼 혹은 때 묻지 않은 찬연한 노래처럼 그렇게 우리들의 가슴을 어루만져준다. 우리 시대의 민요(ballade)처럼 고요히 그러면서도 비장미를 안겨준다. 충청북도 청주에서 전라도 광주로 여행하면서 그의 시는 어느덧 동학혁명 혹은 동학농민전쟁으로 '붉은 황토흙'으로 펼쳐진 호남벌판을 지난다. 역사의 눈보라 속으로 달려가는 시인 김창규와 그가 오송역에서 탄 열차! 필자도 따라서 다시 읽고 또 읽는다.

"찾아가야 할 고향은 아니더라도/눈이 내리네" "눈보라를 일으키며/송정리 목포를 향해 달리는/붉은 산에 눈이 내리네" "내 마음속 깊이 쌓이는/저 눈을 맞으며 홀로 가는 인생길/동지가 있어 내가 살아 있네" "광주에 내리는 눈은 왜 붉은가/광주 망월동 언덕에 선 어머니" "당신이 걸어온 길 위에 피눈물이 내리네/하얀 눈이 내리네/찔레꽃 붉은 눈이 내리네". 몇 번이고 입술에 올려 노래하고 싶은 시 「눈이 내리네」는 그야말로 절창이다. 상처를 흐르는 눈물보다 더 투명하게 만들어주는 시 「눈이 내리네」는 1980년 5월 광주와 이 땅의 역사…… 현대사에 바쳐지는 레퀴엠, 진혼곡이다.

전라도 가는 길에 눈이 내리네
기차를 타고 내달리는 길에
하얀 눈이 내리네

찾아가야 할 고향은 아니더라도
눈이 내리네
전라도에 내리는 붉은 눈을 맞으며
소리 없이 기뻐할 그녀를 생각하네
눈보라를 일으키며
송정리 목포를 향해 달리는
붉은 산에 눈이 내리네

내 마음속 깊이 쌓이는
저 눈을 맞으며 홀로 가는 인생길
동지가 있어 내가 살아 있네
그대 붉은 마음에 눈이 내리네
속절없이 내리네
광주에 내리는 눈은 왜 붉은가
광주 망월동 언덕에 선 어머니
당신이 걸어온 길 위에 피 눈물이 내리네
하얀 눈이 내리네
찔레꽃 붉은 눈이 내리네

—「눈이 내리네」 전문

5. 촛불의 시

이제 시인 김창규 목사는 '촛불'을 들고 있다. '촛불의 시'를 쓰고 있다. 일찍이 신석정 시인은 「아직은 촛불을 켤 때가 아닙니다」라는(물론 알레고리, 역설이다) 시로 인구에 회자되는 시를 노래했다. 그런데 오늘의 김창규 시인은 그의 고향 충청도 청주에서는 물론 서울 광화문 한복판에서 촛불을 들었다. 연인원 1,700만 명의 전국 시민들이 국민들이 켜든 촛불! 비록 거리에 나오지는 않았지만 라디오와 TV, 핸드폰 앞에서, 노트북과 데스크탑 앞 그리고 한반도의 남쪽에서 지난 몇 년간 시민들, 국민들 모두는 촛불을 들었다. 세월호와 함께 침몰한 360여 명의 학생들과 일반 승객들의 어처구니없는 죽음(죽임), 역사의 수레바퀴를 거꾸로 돌린 반국가적인 정권을 더 이상 그대로 둘 수가 없어 촛불로 심판을 내린 한반도의 위대한 시민들!

피를 흘리지 않고 나라의 새로운 지도자를 찾아서 세운 경우는 작금의 세계사에서도 드문 일이다. 혹자는 그것을 촛불혁명, 혹은 명예혁명이라고 말한다. 그만큼 대한민국의 국민들이 시민들이 역사적 성숙도가 높아가고 있다는 증거이기도 했다. 목사 김창규 시인은 어느 날 광화문에서 아들과 나란히 선다. 「촛불을 든 아들에게」라는 시를 아들과 그리고 우리들 모두에게 바치고 있다. "촛불을 들고 밤을 새웠던 그날 정말 아름다웠어/감동의 눈물을 흘리며 모두가 하나였지/김밥도 나누어 먹고 떡도 나누어 먹으며/서로의 눈을 쳐다보며 웃었지/커피를 끓여내는 사람도 있었고/바나나와 오이를 내놓으며/컵라면을 내미는 착한 마음들 있었다". 이 모습은 1980년 5월 광주의 금남로에서 행해지던 '세상에서 가장 아름다웠던 공동체' 그 모습이었다.

사실 5·18광주항쟁의 가장 큰 덕목은 서로 나눠 먹고, 서로 나눠 울고, 서로 나눠 웃고, 서로 나눠서라도 죽어야 했던, 그리고 마침내 서로 같이 일어서고야 말았던 두레공동체=대동세상=사회공동체=사람생명공동체=평화와사랑의공동체였다! 그것이 지난 몇 년간 서울 광화문을 비롯하여 전국을 밝혀주었던 '촛불'이다. 바로 이것이 대한민국의 에너지요 코리아의 에너지요 한반도 전체 구성원의 에너지요 잠재력이 아니랴 싶다. 가난한 아버지의 경제를 위하여 학업 중에서도 '알바(아르바이트)'를 해야 함에도 불구하고 광화문 4·16광장, 서울광장에 나와서 "촛불을 드는 아들"에게 시인은 크게 감사함과 믿음을 전하고 있다. "아버지는 촛불을 든 너의 손에서 희망을 본다/장하구나 아들아 정말 장하다"! 아버지요 목사인 김창규 시인은 아들에게서 "희망"을 발견한다. 광화문이 떠내려가도록 노래를 부르고 함성을 지르면서 촛불을 켜 든 '아들 세대'에게 희망의 노래를 바치고 있는 모습이 참 아름답다.

> 너와 함께 광화문에서
> 촛불을 들고 밤을 새웠던 그날 정말 아름다웠어
> 감동의 눈물을 흘리며 모두가 하나였지
> 김밥도 나누어 먹고 떡도 나누어 먹으며
> 서로의 눈을 쳐다보며 웃었지
> 커피를 끓여내는 사람도 있었고
> 바나나와 오이를 내놓으며
> 컵라면을 내미는 착한 마음들 있었다
> 명박산성을 넘어 자유와 민주주의 회복을 위해
> 밤새워 촛불을 밝히며 노래 불렀지
> 아침이슬 내릴 때까지 별을 바라보며
> 제주 여수 순천 광주 대구 부산 대전 수원 청주 강릉
> 모든 촛불이 모여들어 백만 송이 장미꽃 향기 뿜내며
> 5월에서 6월의 광화문 광장으로 모여들었지

그날이 바로 오늘이야
촛불을 다시 들고 외치지 않으면
미치고 환장할 것 같은 이 분노, 이 혁명
대학은 학문의 전당이 아니라 대기업의 하수인
돈 벌러 가야 하는 알바 생산의 지름길이야
학생이 무슨 돈을 벌어
아버지는 촛불을 든 너의 손에서 희망을 본다
장하구나 아들아 정말 장하다
나도 오늘 밤 촛불을 밝히러 가마
할 말은 이것이야 아들아 사랑한다

—「촛불을 든 아들에게」 전문

어느 해던가. 이 글의 필자와 시인 김창규 목사는 서로 손을
잡고 전남도청에서부터 망월동 묘지까지 나란히 걸었던 기억이
있다. 구호를 외치며 목이 터져라 노래하면서 10여 킬로미터가
더 넘는 길을 걷고 걸어서 '망월동5·18묘지'에 당도한 적이 있
었다. 그 엄혹하고 슬프고 분노가 치밀었던 '계속되는 오월 투
쟁' 10년간의 그 중간 지점이었을 것이다. 수많은 사람들은 최루
가스를 뒤집어쓰면서도 광주항쟁의 마지막을 사수(死守)한 광주
광역시 금남로 1가 옛 전남도청 분수대광장에서부터, 그 먼 길
을 함께 걸었다. 그러하다. '하늘과 땅'에 이마를 부딪치듯이 민
주주의와 평화와 하나가 되는 세상과 통일을 외쳤던 그 마음들
이 그렇듯 광화문에서 재현되었을 때 정말 환희였다. 베토벤의
교향곡 제9번 〈합창〉이 울려 퍼지던 통일독일의 브란덴부르크
광장에서처럼…… 서울과 평양에서 동시에 '그날'이 오기를 기

도하는 시인 김창규 목사! 바지런히 목회를 하고, 아픈 곳에 가서는 같이 아파하고, 싸우고, 시를 써서 노래하는 그에게 감사드린다. 그리고 고문과 구타로 절뚝거리는 안짱다리가 하루빨리 펴지기를 두 손 모아 빈다. 건강과 건필, 평화를 축원한다.

金準泰 | 시인

푸른사상 시선 109

촛불을 든 아들에게